L'ODYSSÉE DE MILO

LES NOUVEAUX GARDIENS

L’auteur

Maxime Gillio est un ancien professeur de français, reconverti dans l’édition. Il est auteur de romans policiers (mais pas que), spécialiste des super-héros, papa comblé de trois grands enfants. Mais l’activité qu’il préfère, c’est faire des jeux de mots et raconter les histoires les plus farfelues, les plus dynamiques et les plus trépidantes à ses jeunes lecteurs.

73 boulevard de Sébastopol, 75002 Paris
Diffusion : Interforum

Directeur éditorial : Jean-Paul Arif
Responsable éditoriale : Floria Guihéneuf
Éditrice : Dorine Borghino
Mise en page : Clémentine Hède
Correction : Agnès Marot
ISBN : 978-2-38167-176-5
Dépôt légal : mai 2023

MAXIME GILLIO
L'ODYSSÉE DE MILO
LES NOUVEAUX GARDIENS
LE FEUILLETON DES INC
ScriNeo

1

Le type barbu en face de moi ne bouge pas. Son regard me contemple et semble me dire : « Mon ami, si tu crois que je vais cligner des paupières avant toi, tu peux toujours rêver ! »

Au petit jeu de celui qui tient le plus longtemps sans fermer les yeux, d'habitude, je déchire tout, mais là, je suis tombé sur un champion du monde. Ça fait combien de temps qu'on se dévisage sans ciller ? Je n'arrive plus à compter. Tout ce que je sais, c'est que j'en pleure. Ça me brûle les yeux et mes doigts sont secoués de spasmes. Je vais craquer…

— Milo, à quoi tu joues ?

Je reconnais la voix d'Asha dans mon dos.

— Jeu du regard contre ce vieux mec, je lui murmure, les mâchoires serrées.

Elle ne répond pas tout de suite. Asha ne répond jamais sans réfléchir. Je devine ses sourcils noirs qui se froncent, perçois son parfum délicat à base de bois de santal, mais je refuse de détourner la tête. Pas encore.

— Sérieusement ? finit par souffler mon amie. Milo, je savais que tu partais un peu en cacahuète ces derniers temps, mais là, on atteint des sommets ! Frérot, tu es en train de faire une bataille de regards avec une statue !

Je soupire, vaincu, et me frotte les yeux avant de me retourner vers mon amie.

— Ouais, et devine quoi ? Je viens de perdre !

Asha secoue la tête, consternée. Ses longs cheveux noirs lui balaient les épaules et elle pince les lèvres.

— En même temps, je rigole, ça fait genre trois mille ans que le gars est dans la place, je n'avais aucune chance.

Je lis de la peine dans l'expression d'Asha. Elle se force pourtant à garder son calme. Finalement, elle pose la main sur mon épaule, et ce simple contact me noue la gorge.

— Des fois, reprend-elle d'une voix douce, je me demande où est passé le Milo de quand on était gamins. Tu sais, mon meilleur pote qui aimait les dinosaures, les animaux marins et la mythologie ? Ça fait une éternité que je ne l'ai pas vu, celui-là.

Sérieux, Milo, tu t'es vu ? Tu passes ton temps sur ta console, et tous nos copains se demandent si tu leur fais la tête. En vrai, tu t'isoles tant que je te trouve en train de faire des concours de regard avec une statue. Une statue, quoi !

Je réprime un mouvement d'humeur.

— Ben si je suis devenu si sauvage, tu devrais te réjouir d'être la seule à qui je parle encore. C'est parce que tu as trop pitié que tu te forces à traîner avec moi ?

Je regrette aussitôt ce que je viens de dire. Je suis carrément injuste sur ce coup-là. Asha et moi on se connaît depuis le CP, depuis qu'elle est arrivée de son pays natal, l'Inde, et que sa famille a emménagé à côté de chez nous. Nous sommes aussitôt devenus les meilleurs amis du monde, et je ne devrais pas lui répondre ainsi. Si elle était dans la même situation que moi, je suis sûr que je m'inquiéterais pour elle, moi aussi.

Cela dit, on n'est plus dans la cour de récré de l'école primaire. On a douze ans maintenant, et, à cet âge-là, c'est normal que nos centres d'intérêt changent. Qu'est-ce que j'y peux, moi, si désormais je préfère *Call of Duty* aux aventures de Zeus et de tous ces vieux en sandales ?

Et puis, qu'est-ce qu'elle croit ? Elle aussi, elle change. Je le vois bien à sa façon de s'habiller, de rigoler avec ses amies, les musiques qu'elle écoute... Jusqu'au léger maquillage que je la soupçonne de s'appliquer dans les toilettes du collège dès qu'elle arrive le matin. Alors poupouille, hein, les leçons !

Je lui adresse finalement un sourire banane, celui qui me remonte jusqu'aux oreilles et qui a le don de la mettre en rogne. Elle lève les yeux au ciel, souffle sur sa frange et part sans un mot.

— Ah, les filles..., je soupire en me retournant vers la statue. Toi au moins tu es tranquille, mon vieil Homère.

Le buste du poète grec me contemple, imperturbable, avec ses yeux blancs et sa barbe à poux. Lui, c'est le roi du musée. Des petits malins dans mon genre, il en a vu défiler un sacré paquet. Mon humour de façade retombe aussitôt. Ce n'est vraiment pas sympa d'agir comme je le fais avec Asha. C'est elle qui m'a emmené dans cette expo consacrée à Homère et à la mythologie. Elle a voulu retrouver son meilleur pote, lui faire lâcher ses écrans, et passer un peu de temps avec lui autour de ses passions de môme. Ça part d'un bon sentiment, je le sais.

Elle n'est pas la seule à se faire du souci, d'ailleurs. J'ai entendu ses parents, l'autre soir, discuter avec les miens. Ils devaient penser que j'avais encore mon casque sur les oreilles et que je ne les écoutais pas. Selon eux, il paraît que je ne suis plus le même depuis l'accident. Sans rire ! Et eux, ils se sont vus ? Genre ils ne sont pas brisés de l'intérieur, eux aussi ?

Je m'efforce de chasser mes idées noires et reporte mon attention sur une vitrine qui contient des vestiges de la Grèce antique. C'est vrai qu'il n'y a pas si longtemps, j'aurais lu les notices avec intérêt et me serais passionné pour tous ces témoignages qui ont traversé les siècles.

Mais, aujourd'hui, tout ce que je vois, ce sont de bêtes morceaux d'assiette, un vase recollé et une paire de vieux bijoux éclatés. Youhou !

Je m'apprête à quitter la salle quand mon regard est attiré par un éclat doré, juste en dessous de la vitrine. Cool, si ça se trouve, c'est de la thune !

Je m'agenouille mais, pas de bol, je ramasse juste une vieille bague toute cabossée.

Oh, mais attendez !

Cette bague fait partie de l'exposition ! Pas besoin d'être Indiana Jones pour comprendre que ce vieux bijou devrait se trouver dans la vitrine, et pas en dessous. Comment s'est-il retrouvé par terre, et, surtout, pourquoi personne ne l'a remarqué avant ?

Je regarde autour de moi, mais je suis seul dans cette

salle du musée. Même le gardien a quitté son poste, abandonnant son magazine à côté de sa chaise vide.

Je frotte la bague sur ma manche et la mets dans la lumière pour l'observer en détail. C'est vraiment bizarre que personne ne l'ait captée plus tôt, vu sa taille. Plutôt mahousse, la bagouze. Elle me fait penser à la chevalière que porte mon grand-père, celle qu'on se transmet de génération en génération.

Elle est composée d'un anneau doré et épais sur lequel est posé un médaillon à cinq côtés, avec différents symboles gravés. Il y a un arc, un oiseau qui ressemble à un hibou, un rond avec des petits cercles à l'intérieur et… un marteau ? Chaque symbole occupe un côté du médaillon, sauf celui du dessus, vierge de tout dessin.

Donc je me retrouve avec une bague vieille de plus de deux mille ans, gravée de dessins bizarres.

Honnêtement, j'aurais préféré une pièce de deux euros. D'accord, cette antiquité vaut bien plus, mais je ne vais quand même pas la voler au musée, et puis à qui je pourrais la revendre ? Je me vois mal publier une petite annonce sur Vinted. La seule chose à faire est de trouver un gardien et de la lui confier sans tarder. Mais, juste avant, je la passe à l'annulaire, juste pour le fun.

J'écarte les doigts afin d'apprécier le résultat. Ma foi, au carnaval ou lors d'une soirée costumée, ce serait parfait, mais en vrai j'ai juste l'air ridicule.

Assez rigolé. Je m'apprête à retirer la bague quand je m'arrête net.

What the…

Le buste d'Homère, celui contre qui j'ai perdu au jeu du regard… il a tourné la tête !

Je jure sur la vie de Raoulette, ma gerbille, que je n'ai pris qu'un bol de chocolat chaud et des tartines au Nutella ce matin, rien d'autre. Mais je suis catégorique : quand je suis entré dans cette salle, Homère avait le visage tourné sur la gauche, tandis que maintenant, il l'a sur la droite ! Comme si ses yeux tout blancs m'avaient suivi.

Je sens mon cœur qui effectue des saltos tandis que je m'approche doucement du buste, prêt à…

Yiiiiik !

Une main s'est posée sur mon épaule et me fait pousser un cri de dindon.

— Asha ? Ça va pas la tête ? J'ai failli faire une crise cardiaque !

Mon amie me dévisage de son regard sombre et inquiet.

— Milo, est-ce que ça va ? Tu es blanc comme un cachet d'aspirine !

J'essaie de retrouver mon calme et me force à sourire, en cachant ma main dans mon dos.

— Oui, oui, c'est juste que… Ne me juge pas, hein ! Mais tout à l'heure, la statue d'Homère, elle regardait dans quelle direction ?

Fidèle à son habitude, Asha prend son temps avant de répondre :

— Eh bien, il a la tête tournée vers la gauche, pourquoi ?

— Comment ça, pourquoi ? Regarde maintenant, il a…

Oh, mais… Le buste a retrouvé sa position d'origine ! Pourtant je n'ai pas rêvé, nom d'un Joliflor ! Il y a cinq minutes, il regardait dans l'autre direction, il *me* regardait !

— Milo, murmure Asha, tu es sûr que ça va ?

Si ça va ? Comment lui dire ? J'ai juste la sensation que tout m'échappe et que mes repères s'écroulent les uns après les autres. C'est bête, mais tout d'un coup j'ai envie de pleurer. Là, tout de suite, une bonne grosse crise de larmes qui me prend par surprise.

Asha a compris.

— Milo… Viens, on sort, je t'offre un milk-shake, ça te dit ?

Non, je ne vais pas pleurer maintenant, pas ici. Alors je ravale mes larmes et donne le change, comme d'habitude. Et puis cette statue n'a pas bougé la tête, c'est impossible. Asha a raison, je dois passer trop de temps sur les écrans, ça nuit à ma concentration, et je m'imagine des trucs.

— Ça roule, Asha. Avec un supplément caramel et éclats de noisettes.

Elle me sourit et se dirige vers la sortie.

Au moment de la suivre, je me rends compte qu'avec cette histoire de tête tournante, j'ai toujours la bague au doigt. Vite, que je trouve un gardien pour m'en débarrasser !

— Qu'est-ce que tu fabriques, Milo ? Tu viens ou pas ?

— Euh… oui, je te rejoins. Il faut que j'aille… enfin, tu sais…

Sous ses yeux écarquillés, je fonce en direction des toilettes. Je passe alors les mains sous le robinet, fais couler une blinde de savon, je frotte, frotte et frotte encore, mes mains disparaissent sous la mousse, mais rien à faire.

Pas moyen de retirer cette fichue bague.

2

— Tu as volé un bijou au musée ? Mais tu es tombé sur la tête !

— Chut, pas si fort !

Je regarde autour de nous, de crainte qu'un client du fast-food n'ait entendu mon amie s'exclamer. Mais personne ne nous calcule.

Asha baisse d'un ton, toujours furieuse.

— Sérieusement, qu'est-ce qui t'a pris, Milo ? Tu viens clairement de franchir la ligne, tu t'en rends compte ? Tu as vraiment envie que tes parents soient convoqués au commissariat à cause de tes âneries ?

Je me penche par-dessus la table et répète, en séparant bien les mots :

— Pour la dernière fois : JE. NE. L'AI. PAS. VOLÉE ! J'ai trouvé cette bague par terre, et avant de la donner à un gardien j'ai voulu l'essayer, simplement pour rigoler. Si on te donne une bague, c'est quoi ton premier réflexe ? Tu l'essaies, sans réfléchir, non ?

Elle serre les lèvres. Ce qui, en langage Asha, signifie que je marque un point, mais qu'elle ne va pas lâcher l'affaire si facilement.

— Donc je voulais la rendre juste après. Mais pas moyen de la retirer. J'ai mis une tonne de savon, j'ai tiré dessus de toutes mes forces : elle n'a pas bougé d'un millimètre. Du coup, je n'ai pas réfléchi, quand je t'ai vue quitter le musée, je me suis dit qu'on trouverait un moyen de l'enlever, et que je la rapporterais après.

Elle soupire et avale une gorgée de Coca.

— Bon, tu me la montres, cette fameuse bague ? Je me demandais aussi à quoi tu jouais depuis tout à l'heure, à garder tout le temps ta main dans ta poche.

C'est vrai que j'ai dû avoir l'air d'un pingouin manchot, au moment de payer et de ramasser mon plateau avec une seule main. Mais j'avais l'impression que, si je sortais l'autre, la Terre se serait arrêtée de tourner et tout le monde aurait crié : « Oh, regardez, Milo a volé une bague au musée ! »

Je retire la main de ma poche avec précaution et la fais glisser sur la table.

— Ah ouais, quand même..., murmure Asha. C'est

pas du bijou en plastoc acheté à la fête foraine, dis donc. C'est de l'or, tu crois ?

— Aucune idée ! Et qu'elle soit en or, en pâte à modeler ou en caramel mou, moi, tout ce que je veux, c'est qu'on la retire, qu'on la remette discrétos dans la salle d'expo, et basta !

Asha me prend la main pour observer l'anneau de plus près. Il ne fait pas froid dans le fast-food, mais je ne peux réprimer un frisson.

— C'est bizarre, ce pentagone, continue mon amie.

— Ce quoi ?

— Tu as aussi oublié tes leçons de géométrie ? soupire Asha. Un pentagone. Une figure à cinq côtés. Et puis ces cinq symboles différents.

Je tique.

— Cinq ? Non, il y en a quatre.

— Milo Bollengier, je sais encore compter jusqu'à cinq…

Intrigué, je me tords le cou pour regarder l'anneau et… Mais elle a raison, il y a bien cinq symboles, un sur chaque côté de la pièce ! Un vertige me saisit, comme tout à l'heure, dans la salle, quand j'étais persuadé que le buste d'Homère avait tourné la tête. Je suis sûr et certain qu'au moment où j'ai passé l'anneau à mon doigt il n'y avait que quatre gravures : l'arc, l'oiseau, le cercle avec les petits ronds à l'intérieur, et le marteau. Et là, on distingue nettement…

— Euh, c'est quoi ce délire ? Tu vois ce que je vois, Asha ?

Mon amie observe les dessins de plus près et fronce les sourcils.

— Ce symbole, là, on dirait…

— … une manette de jeu ?

— Trop !

Il ne manque que le câble et le logo de la marque, mais ça y ressemble carrément. On se regarde d'abord en silence, puis on se met à rire nerveusement. Une manette de jeu sur un bijou vieux de plus de deux mille ans, mais bien sûr… Et pourquoi pas le symbole Bluetooth tant qu'on y est* ?

— Bon, se reprend Asha, voyons ce qu'on peut faire pour l'enlever… C'est bizarre, elle ne semble pas te serrer. Elle ne te coupe pas la circulation ?

Je secoue la tête, déconcentré par le contact de ses doigts sur ma phalange. C'est vrai que j'ai les doigts

---

* Note de l'auteur : Milo a tort de se moquer, car le symbole Bluetooth est la combinaison de deux lettres de l'écriture runique utilisée par les Vikings il y a plus de mille ans. Donc il ferait mieux de se renseigner avant de faire de l'humour !

super fins. Maman répète tout le temps que je tiens d'elle et que j'ai des mains de pianiste. Dommage, je préfère la guitare.

Indifférente au trouble qu'elle provoque en moi, Asha poursuit son observation.

— Tu m'as dit que tu l'avais enfilée sans problème, et là, elle ne te serre pas plus que ça. Donc logiquement, elle devrait…

Sans me prévenir, elle tire un coup sec sur l'anneau, espérant sans doute me prendre par surprise pour me l'enlever.

On entend d'abord un grand « crac », puis une bordée d'insultes que j'adresse à Asha qui vient presque de me déboîter l'annulaire.

— Non mais t'as pété un câble ? Si j'avais voulu qu'on m'arrache un doigt, j'aurais demandé à mon boucher.

— Désolée, Milo… Tu as mal ?

Mes yeux lui jettent des éclairs.

— Seulement quand je rigole, andouille. C'est malin, je vais avoir le doigt gonflé et ça va être encore plus difficile de la retirer… Bon, on fait quoi, du coup ? On va à l'hôpital ?

Elle fait une drôle de grimace.

— Tu sais ce qu'on fait, aux urgences, quand ce genre de problème arrive ?

C'est vrai que la mère d'Asha est infirmière, du coup, elle a tout le temps des anecdotes à raconter. Certaines à mourir de rire, d'autres qui me mettent le cœur au bord des lèvres.

— Soit on arrive à découper l'objet, soit on est obligé de casser le doigt, annonce-t-elle.

— Tu plaisantes ?

— Tu trouves que c'est le moment de rigoler ?

Je me sens pâlir. Moi, à qui la simple vue d'une seringue ou l'odeur de la salle d'attente du dentiste suffit à faire tourner de l'œil, imaginer qu'on doive me casser le doigt… J'en ai des spasmes.

— Il n'y a pas d'autre solution ?

— On peut toujours essayer d'enrouler un fil sous la bague, et la faire glisser à l'aide d'un lubrifiant. Attends, ça me donne une idée.

Elle se lève, se dirige vers le comptoir et revient avec des sachets de sauce.

— Tu ne vas quand même pas…

— Et pourquoi pas ? Si ça peut t'éviter un passage aux urgences.

Elle déchire une dosette de mayonnaise et m'en tartine généreusement le doigt. Cette fois, notre petit manège attire l'attention de nos voisins qui nous dévisagent, intrigués. Génial, j'ai le doigt enduit de mayo et le visage rouge tomate. Une vraie sauce cocktail à moi tout seul.

— Tu sais que j'ai déjà essayé avec du savon, hein ?

— Oui, mais on n'a pas idée à quel point la mayonnaise industrielle peut être grasse… Essaie de te détendre.

Elle me masse le doigt, et tente de faire pénétrer la mayo sous l'anneau. Vu comment j'ai la main luisante, ça devrait être une formalité désormais. Écœurés par notre manège, nos voisins quittent carrément leur table en nous jetant des regards désapprobateurs.

Asha tire d'abord doucement, en faisant tourner la bague, puis de plus en plus énergiquement…

— Rhaaaaah, mais c'est pas vrai ! Qu'est-ce que c'est que ce truc à la mords-moi le… Oh, mince !

Elle n'a pas réussi à retirer la bague. En revanche, la pièce sur l'anneau a bougé.

— Oh non, non, non, c'est pas vrai, je l'ai cassée ? s'alarme Asha, qui se voit déjà en prison pour destruction de bijou antique.

Je veux vérifier qu'aucune soudure n'a sauté, mais nous entendons soudain un grand « CRAAAAAC ».

Je relève la tête. Asha me regarde, les yeux écarquillés et la bouche ouverte.

Premier constat : ce bruit, c'est mon tee-shirt qui vient de se déchirer.

Deuxième constat : je viens de prendre dix kilos d'un coup.

3

Asha a les yeux comme des soucoupes et semble tétanisée. Elle est toute pâle ! Pourvu qu'elle ne nous fasse pas un malaise !

— Asha, ça va ? Dis quelque chose !

Euh… c'est quoi cette grosse voix grave, là ? C'est moi qui viens de parler, ou Benedict Cumberbatch ? Mais Asha ne relève pas.

— Tu… tu as vu ?

D'un doigt tremblant, elle montre mes épaules, mes bras, mon torse… Non, je n'ai pas *vu*, j'ai carrément *senti* ! Les coutures de mon tee-shirt ont sauté, et mon gilet est super serré alors que, la seconde d'avant, je le portais oversize.

Et je ne parle pas du reste. J'ai l'impression que la banquette est devenue trop petite, que mes baskets me compriment les orteils ; quant à mes genoux, ils soulèvent presque la table du restau.

— Que m'arrive-t-il ?

Asha a l'air encore plus effrayée que moi. Au point que je me demande si ce n'est pas sa peur qui me fait le plus flipper.

Depuis qu'on se connaît, elle a toujours été là pour moi. À chaque moment difficile de ma vie, elle a répondu présente et a su trouver les solutions ou les mots pour me rassurer. Quand Benoît Kubiak me harcelait à l'école primaire ; quand la prof de musique l'année dernière m'a obligé à chanter la chanson de *La Reine des neiges* devant toute la classe ; quand on a participé à une sortie en accrobranche et que j'ai fait une crise de panique ; quand il y a eu l'accident il y a six mois et que je n'ai pas prononcé un mot pendant des semaines… Asha, c'est plus que ma meilleure amie : c'est ma béquille, mon phare dans la nuit.

Eh bien en ce moment, mon phare n'a plus aucune lumière. Asha est complètement éteinte, et, dans ses grands yeux noirs, je lis autant de peur que d'incompréhension.

Mais si ma meilleure amie panique, qu'est-ce que je devrais dire, moi ? Je suis à deux doigts de la crise d'hystérie, là. Et le regard hébété qu'elle me renvoie n'est pas fait pour me rassurer. J'ai peur de savoir ce qu'elle voit en ce moment.

— Hé…

Elle vient de se rendre compte que je flippe dix fois plus qu'elle. Alors elle retrouve un peu de calme et pose une main sur la mienne, sans faire attention à la mayonnaise étalée.

— Va te nettoyer, Milo, et partons. On va forcément trouver une explication.

Puis elle attrape son gobelet pour se donner une contenance et porte la paille à sa bouche en tremblant.

Elle a raison, il faut bouger d'ici. Je veux m'extraire de ma banquette, mais c'est raté pour la discrétion. Vu mes nouvelles proportions de colosse, je me déplace avec la grâce d'un pachyderme à qui on aurait mis des rollers.

Bilan : je renverse la table, je me cogne à la lampe et je manque me rétamer en heurtant la poubelle. Heureusement que personne n'est venu se rasseoir à la table voisine, je ne sais pas comment on aurait pu leur expliquer tout ça.

Il me faut quelques secondes pour trouver mon équilibre. Puis, quand je suis certain que le trajet jusqu'aux toilettes ne sera pas une épreuve digne de *Koh Lanta*, j'entreprends de traverser la salle.

Je garde les yeux baissés, mais je ne peux ignorer certains commentaires à mon passage. Au début, je pense qu'on se moque de moi, de ma démarche malhabile ou de mes doigts enduits de mayo. Mais, rapidement, je comprends que ce sont des remarques hyper élogieuses. Il y a du « beau gosse », du « mate un peu ces épaules », du « non, mais t'as vu l'athlète ? », et aussi quelques « pffff, je suis sûr qu'il prend des produits ».

Le visage cramoisi, je m'engouffre dans les toilettes. Vite, me laver les mains, et on part d'ici fissa.

Je m'approche du lavabo et marque un temps d'arrêt devant la personne qui me fait face. Jusqu'à ce que je me rende compte qu'il s'agit de mon reflet dans le miroir.

Oh. Mon. Dieu.

D'abord, je suis à deux doigts de céder à la crise de nerfs. Ce n'est pas dix kilos que j'ai pris, mais au moins vingt ! Bon sang, comment mon corps a-t-il pu se développer autant en une seconde ? C'est monstrueux !

Je suis devenu gaulé comme un nageur olympique ! Des épaules larges, un buste en V, des pectoraux qui tendent le tissu. Depuis des années, je collectionne les surnoms peu valorisants en raison de mon physique plutôt chétif. « Ficelle », « Asperge », « Grande saucisse », « Asticot », « Ficello »… J'en passe et des moins sympas. Mais, là, oublié le Milo musclé comme un coton-tige. Ce gars dans le miroir est juste… parfait.

Je me lave enfin les mains, sans quitter mon reflet du regard. Je suis comme hypnotisé. Et puis il n'y a pas que les muscles, d'autres choses ont changé. Mes cheveux, par exemple. Moi qui d'habitude les porte raides et avec davantage d'épis qu'un champ de maïs, j'arbore maintenant une belle chevelure soyeuse et ondulée. Heureusement que mon visage, lui, n'a pas trop bougé, sinon j'en arriverais à douter que je suis toujours Milo Bollengier. Ah, si, un peu quand même : je n'ai plus une seule trace d'acné !

Soudain, je m'arrache à ma contemplation narcissique. Qu'est-ce que tu fais, Milo ? Tu crois vraiment que c'est le moment de t'admirer dans la glace ? Tu ne devrais pas essayer de comprendre pourquoi tu te retrouves d'un coup avec le corps de Chris Evans alors que la minute d'avant, tu pesais quarante-cinq kilos tout mouillé ? Et comment tu comptes expliquer ça à tes parents ?

Je sors en trombe des toilettes et rejoins Asha en quelques enjambées.

— Quittons ces lieux !

Je marque un temps d'arrêt. C'est bizarre, cette façon de m'exprimer. « On s'arrache », oui. On file, on se tire, on se casse, d'accord, mais « Quittons ces lieux », franchement !

Asha ne cherche pas à discuter et se lève. J'attrape mon blouson et, sans réfléchir, cherche à l'enfiler. « Crac », *again* !

C'est pas vrai, je viens de ruiner mon blouson Supreme !

À une table voisine, des lycéens ricanent devant ma mine déconfite.

C'est la goutte qui fait déborder l'amphore. Je me mets à courir, sans prêter attention aux regards des clients ni aux cris d'Asha.

Si je l'avais écoutée, j'aurais remarqué la voiture qui quittait le parking au moment où je déboulais hors du restau.

Et cette dernière ne m'aurait pas percuté.

*

Nous nous sommes enfermés dans ma chambre avec Asha.

Assis sur le rebord de mon lit, je contemple mes mains tremblantes. Comment est-ce possible ? À part les traces de poussière et de saleté sur mon jean, je n'ai rien. Strictement rien. Pas la moindre contusion, le moindre hématome, la moindre égratignure.

Heureusement, mes parents ne sont pas encore rentrés. Ma mère quitte l'école dont elle est directrice à 17 heures, et mon père ne sera pas de retour avant le début de la soirée. Du coup, j'ai pu éviter la confrontation. Pour l'instant.

Si je suis complètement abattu, Asha, elle, est survoltée. Elle fait les cent pas dans ma chambre en agitant les bras avec tellement d'énergie que si M. Pouy, notre prof de techno, lui collait une dynamo, elle alimenterait tout le lotissement en électricité.

— Non, mais qu'est-ce que c'est que ce délire ? Il t'arrive quoi, là ?

Elle est sur le point de hurler, alors je la supplie de parler moins fort.

— Calme-toi, Asha, par les dieux, n'attirons pas l'attention sur nos personnes, je t'en conjure.

Ça a le mérite de la stopper aussi sec dans ses allers-retours. Elle se campe devant moi, les poings sur les hanches.

— Milo, c'est quoi encore ce nouveau délire ? « Par les dieux », vraiment ? Tu crois que c'est le moment d'en rajouter et de parler comme dans un livre ? Tu viens de doubler de volume et de réchapper à un accident par je ne sais quel miracle ! Alors arrête de jouer au crétin et explique-moi ce qui vient de se passer, ou je te jure que nous serons brouillés à vie.

— Calme-toi, mon amie. Il ne sert à rien de s'égosiller de la sorte. Gardons-nous de nous échauffer l'esprit, afin d'éclaircir la situation.

Non mais… Je jure que je ne le fais pas exprès ! Dans ma tête, je pense comme un ado de mon âge, mais, dès que je veux parler, tout ce qui sort de ma bouche, ce sont des paroles d'un autre temps.

— Que je me calme ? QUE JE ME CALME ? Mais Milo, tu as plié une voiture ! Et puis… regarde-toi, bon sang !

— Si on se réfère à la chronologie des faits, c'est ce charriot qui m'a heurté, et non l'inverse.

— Oui, Milo, ce « charriot » t'a bien « heurté » ! Une Clio qui sortait du parking. Mais même à faible allure elle aurait dû te renverser, ou pire, te rouler dessus. Toi, tu n'as pas bougé d'un centimètre. Rien. Pas un mouvement. Alors que la voiture a le pare-chocs éclaté et le capot enfoncé. Tu trouves ça normal, hein ? On a été obligés de partir comme des voleurs !

Je hausse les épaules. Que veut-elle que je lui réponde ? J'étais aux premières loges, quand même. J'ai vu arriver la voiture trop tard. J'ai juste eu le temps d'apercevoir le visage horrifié de la conductrice et de fermer les yeux, persuadé que ma dernière heure était arrivée. Quand je les ai rouverts, l'avant de la Clio était plié autour de ma jambe, avec de la fumée qui s'échappait du moteur. Et je n'ai rien ressenti. À peine un effleurement au niveau du genou, mais je suis indemne.

Rectification : mon jean est maculé de graisse, et j'ai déchiré mon tee-shirt et mon blouson. Si la Clio n'a pas réussi à me défoncer, c'est ma mère qui va s'en charger en voyant l'état de mes vêtements.

— Tout ceci a clairement un rapport avec la bague, finit par dire Asha.

Je m'étais déjà fait cette réflexion, alors j'acquiesce, la laissant dévider le fil de sa pensée.

— Je résume : tu trouves la bague au musée, tu la passes au doigt et impossible de l'enlever. On fait tourner le médaillon par accident et, juste après, te voilà transformé en rugbyman. Sans compter que tu parles comme un vieux du XIXe siècle, et qu'une voiture te rentre dedans sans que tu aies une écorchure. Comme si tu étais devenu indestructible.

Indestructible…

Oh, bon sang, j'ai compris !

Je me rue sur mon ordinateur et tape fébrilement dans le moteur de recherche « Symboles Achille ».

— Je peux savoir ce que tu fais ? demande Asha par-dessus mon épaule.

Je lève la bague pour la lui mettre sous le nez.

— Les symboles ! Nous nous interrogions sur leur signification. En particulier ces cercles concentriques. Je savais qu'ils m'évoquaient quelque souvenir, regarde bien.

Je fais défiler des pages consacrées à la mythologie grecque et au personnage d'Achille, ce prince légendaire de la guerre de Troie.

— Te souviens-tu de nos cours de français en 6e ? Achille, fils de Pélée et Thétis, dont le corps est devenu indestructible après avoir été immergé dans le Styx.

— Ça va, ronchonne Asha, je sais encore qui est Achille.

Malgré la gravité de la situation, je ne peux retenir un sourire. Asha se braque toujours quand on remet sa culture en question, comme Hermione Granger.

— Si tu te rappelles l'invincibilité de ce héros, nonobstant la faille à son talon, tu te remémoreras peut-être quel était l'un de ses symboles.

En plein écran s'affiche le même cercle que sur la bague.

— Un bouclier…, murmure Asha.

— Oui-da, mon amie ! Le bouclier d'Achille. Quand

le médaillon sur la bague a bougé, il s'est positionné sur ce symbole, et je me suis alors transformé en ce valeureux et terrifiant guerrier.

Asha me regarde comme si j'étais devenu fou.

— Tu entends ce que tu dis, Milo ? Tu as conscience qu'on pourrait nous interner, là ?

Je balaie l'air de la main.

— Certes... Mais alors, comment expliquerais-tu autrement ma transformation physique, la bague qu'on ne peut ôter, cette façon ampoulée que j'ai de m'exprimer et qui tant me hérisse, et l'accident dont je sors miraculé ? Par l'Olympe, ne devrais-je pas être entre les mains d'Esculape ?

— Mais, Milo...

Elle n'a pas le temps de terminer. J'attrape mon compas qui traîne sur le bureau, et, avant qu'elle ne puisse intervenir, j'en enfonce la pointe dans ma main.

— Milo !

Comme je m'y attendais, la pointe casse net, et je n'ai absolument rien senti. Asha contemple mon compas tordu, en marmonnant des protestations bougonnes.

— Que dois-je faire pour te convaincre ? Me porter des coups de hache ? Sauter du haut d'un aqueduc ?

— Non, non... C'est juste que... Comment est-ce possible ? Et pourquoi ?

Je hausse les épaules. Comment veut-elle que je lui réponde ? Je n'en ai pas la moindre idée. Et, passé le premier moment de stupeur, je me rends compte que, bizarrement, ça ne m'affole pas plus que ça. Est-ce l'assurance d'Achille qui me modifie aussi le cerveau ?

Un lourd silence s'installe, pendant lequel chacun est plongé dans ses réflexions. Asha reprend timidement la parole :

— Milo, tu as pensé aux autres symboles ?

Mais oui, elle a raison ! On a tellement bloqué sur le bouclier qu'on a oublié qu'il y en avait quatre autres : l'arc, le marteau, la chouette et… la manette.

Au point où on en est.

Je suis déjà prêt à tourner le médaillon, quand Asha pose la main sur mon bras.

— Attends, tu es sûr ?

— Quel danger supplémentaire veux-tu que j'encoure ? Mère va rentrer incessamment, que penses-tu qu'elle dira en découvrant son enfant au corps si parfait, à la longue chevelure bouclée, et s'exprimant comme un aède ? Il convient d'essayer quelque chose, Asha, ou je ne donne pas cher de nous.

Oui, et puis surtout, j'aimerais retrouver ma façon habituelle de parler, parce que là, rien qu'à m'écouter, je deviens fou !

J'observe la bague. De part et d'autre du symbole du bouclier se trouvent le marteau et l'arc. J'opte pour ce dernier. Avec un peu de chance, je me transformerai en Hawkeye ou en Robin des bois.

Je prends ma respiration et tourne le médaillon.

Asha recule et me dévisage, les yeux écarquillés, puis, d'un coup, elle éclate de rire.

Je crois que jamais je ne l'ai vue se marrer ainsi. Je ne sais pas si ce sont les nerfs qui lâchent, mais elle en pleure, au point que je commence à être vexé.

— Asha, peut-on savoir pourquoi tu… ?

Oh, mais c'est quoi cette voix aiguë ? Attendez, c'est pas possible ! Je me lève pour me planter face au miroir et…

Mon Dieu, je suis une femme !

4

J'ai toujours les mêmes traits, mais comme s'ils avaient été déformés par un filtre Snap hyperréaliste. Mes cheveux sont plus bouclés, plus longs et plus blonds. Mes cils se sont allongés, et mon nouveau regard est d'une dureté implacable. J'ai perdu mes gros muscles, je suis revenu à une taille normale, mais je ne me sens pas moins puissant pour autant. Ou plutôt devrais-je dire « puissante », puisque j'ai désormais des courbes et des formes qu'il me serait difficile de masquer.

Et moi qui pensais qu'être transformé en Achille serait un plan galère, qu'est-ce que je vais dire à mes parents maintenant que je suis devenu une femme ?

Asha a enfin retrouvé son calme.

— Tu sais que tu es super mignonne ?

Je tourne sur moi-même pour me contempler sous toutes les coutures. Elle n'a pas tort. Malgré la sévérité de mon visage, je dégage une grâce que je qualifierais de… sauvage.

Passé le moment de rigolade, Asha redevient soucieuse.

— Bon, sérieusement, si avant tu étais Achille, tu es qui, maintenant ?

Ça me semble évident : cette silhouette sportive et élancée, ce côté farouche, l'arc qui me symbolise, je suis…

Je m'immobilise aussitôt, les sens aux aguets.

Dans sa cage, Raoulette, ma gerbille, n'en mène pas large. D'habitude, elle passe son temps à courir dans sa roue ou à sauter sur sa petite maison en poussant des couinements débiles. Mais là, elle est terrée dans un coin, en boule, et tremble de tout son petit corps.

Quant à moi, je la regarde avec de drôles de pulsions. Mes yeux sont devenus deux fentes, et je contemple le rongeur non plus comme ma vieille copine poilue mais comme… une proie ?

Oh, on parle de Raoulette, là ! D'où j'ai tout d'un coup envie d'en faire de la viande à kebab ? Je me secoue, bondis à la fenêtre, l'ouvre en grand et scrute notre jardin.

Notre maison est située dans un lotissement. Notre terrain n'est pas très grand, mais au moins on a la chance d'avoir un endroit pour faire des barbecues l'été, et où papa, certains soirs, se grille une cigarette en cachette en pensant que maman ne le captera pas.

Je suis immobile, seules mes narines frémissent. Une explosion d'odeurs me submerge.

— Biryani au poulet, annoncé-je d'une voix rauque.

— Euh, oui, c'est ce que maman a cuisiné pour ce soir. Enfin, je crois. Comment tu le sais ?

Je lève la tête pour humer les fragrances qui envahissent le quartier. Mme Kumar, la mère d'Asha, est une cuisinière hors pair. Les plats délicieux de son pays font le régal des voisins, avec qui elle les partage volontiers. Même si, au grand regret de mes parents, elle garde jalousement ses recettes secrètes.

En cette fin d'après-midi, mes sens décuplés en perçoivent les moindres nuances. Coriandre, cardamome, clou de girofle, cannelle, piment de Niora, curcuma, graines de pavot, amande, piment vert, gingembre, menthe, ail, tomate et sucre roux. Penser à noter la liste pour la donner à maman. Enfin, si je retrouve mon apparence habituelle d'ici là…

La salive me monte à la bouche. Je meurs d'envie de débusquer une proie, la mettre à mort et me repaître de sa chair encore tiède.

Alors je me retourne vers la cage de Raoulette. Ma gerbille a beau essayer de se cacher sous la paille, c'est peine perdue.

Sans la quitter des yeux, je tâtonne mon bureau à la recherche d'une arme. Mon compas ? Je viens de le casser. Mon double décimètre ? Hum, je ne vais pas aller loin avec ça. Ah, mon équerre ! La pointe en est un peu émoussée, mais ça fera l'affaire.

Mon instrument en main, je m'approche de la cage quand Asha me retient.

— Milo, tu as perdu la tête ? Laisse Raoulette tranquille !

Rassurée par l'intervention de mon amie, ma gerbille sort la tête de sous la paille et pousse de petits cris désapprobateurs.

Je soupire de frustration et repose mon équerre. Pourvu que maman n'ait pas prévu une poêlée de légumes ce soir, j'avais déjà le goût de la viande fraîche en bouche.

Asha me regarde, les sourcils froncés.

— Tu es Artémis, bien sûr… La déesse de la chasse.

J'acquiesce en silence.

Les pensées se bousculent dans mon esprit et les questions affluent, mais, au dernier moment, je n'ai plus envie de les verbaliser. Rien que le fait d'annoncer le plat de la mère d'Asha m'a comme déchiré la gorge.

— Tu es devenu muet ? Euh… muette ?

— Non.

D'un haussement d'épaules, je lui fais comprendre que je n'en dirai pas davantage. Des souvenirs de lecture me reviennent : Artémis, Diane chasseresse, au tempérament solitaire et taciturne.

Purée, je suis bien, moi ! Quand je prends l'apparence d'Achille, je parle comme un vieux barde moisi, et quand je deviens Artémis, j'ai affaire à une taiseuse qui s'exprime en monosyllabes. C'est quoi la prochaine étape ? Un Apollon bègue ? Ulysse avec une voix de canard ?

Le claquement de la porte d'entrée nous fait sursauter. Mince, on n'a pas vu le temps passer !

— Milo, je suis rentrée !

Panique à bord, Asha et moi nous regardons avec des yeux pleins d'effroi.

— Milo, tu es là ?

Je me racle la gorge pour prendre une voix la plus masculine possible.

— Oui, maman, je suis avec Asha, on prépare un exposé.

Oh non, c'est pas possible ! On aurait dit un crapaud enroué !

Un moment de silence, puis maman reprend :

— Est-ce que tout va bien ? Tu as une drôle de voix.

Qu'est-ce que je suis censé répondre ? Que son fils s'est transformé en divinité grecque, ou que je suis subitement en train de muer ?

— Tout va bien, madame Bollengier, répond Asha. On a fini, on arrive.

De l'index, je me vrille la tempe. Elle est folle ou quoi ? Elle croit que je vais sortir comme ça ? Milo transformé en Mila ?

— La manette de jeux, chuchote alors mon amie.

Bon sang, mais c'est bien sûr ! Si chaque symbole représente une divinité, qu'est-ce qui me résume le mieux, au grand désespoir de mes parents ? Ma console !

De toute façon, je n'ai plus rien à perdre.

Fébrilement, je tourne le médaillon sur le symbole manette et…

— *Yes!*

C'est Asha qui s'est exclamée. Rapide coup d'œil dans le miroir : adieu muscles hypertrophiés, longues boucles soyeuses et courbes féminines.

— C'est bien toi, Milo ?

— C'est carrément moi, de retour dans le *game*, frangine !

Asha sourit. Plus d'ambiguïté possible, ce n'est pas Achille qui s'exprimerait comme un lascar de lotissement.

— Bon, il faut que je rentre. Je te mets une part de poulet de côté ?

— Gna gna gna !

Elle me sourit tendrement. On a beau s'asticoter depuis des années à coups de blagues dignes d'une cour de récré, ces derniers temps, j'ai l'impression que la nature de nos échanges est en train d'évoluer. On continue à se vanner, mais les motivations sont différentes. Comme s'il y avait une drôle de tension derrière nos blagues innocentes.

— Sérieusement, Milo, promets-moi de ne plus toucher à cette bague si je ne suis pas là.

Je promets d'autant plus volontiers que je ne suis pas particulièrement pressé d'expérimenter de nouvelles transformations.

Avant de quitter ma chambre, Asha essaie de me rassurer.

— On va forcément trouver une solution, Milo. C'est obligé… Mais comment tu vas faire pour expliquer la bague à tes parents ?

Je fais un drôle de bruit avec la bouche.

— Ne t'inquiète pas pour ça, je trouverai bien un bobard à leur raconter. Je vais la jouer crise d'ado en train de chercher son style, tu vois le genre ? Ils seront déjà bien contents que je ne leur demande pas un piercing à la narine.

Elle émet un petit rire, puis sort de ma chambre. Je l'accompagne dans l'entrée, et, avant de partir chez elle, elle lance :

— Bonne soirée, madame Bollengier !

— Bonne soirée, Asha. Passe le bonjour à tes parents.

On se checke du poing, puis je referme la porte sur mon amie, avant de rejoindre ma daronne.

5

Affairée au-dessus du plan de travail, un couteau à la main, ma mère a noué un tablier par-dessus son tailleur. Je l'observe un moment sans me manifester. Jusqu'à maintenant, les années qui passent semblaient ne pas avoir de prise sur elle. Toujours classe, toujours élégante et soucieuse de son apparence, mais sans excès.

Ma mère, c'est elle ma vraie idole. La femme la plus forte que je connaisse. Toujours posée, digne et droite dans l'adversité. Même si ces derniers temps, pour la première fois, la statue semble vaciller.

— Ça va, m'man ?

Elle ne se retourne pas et fait semblant de s'affairer sur sa planche à découper. Je l'entends renifler.

— Oui, oui, tout va bien… Fichus oignons, j'aurais dû mettre des lunettes de plongée avant de les émincer.

Un rapide coup d'œil sur le plan de travail : des tomates, des courgettes et une aubergine, mais pas d'oignon. Ça m'étonnait aussi, papa déteste ça.

D'un coup, la réalité me rattrape. Comment ai-je pu oublier ? Aujourd'hui, ça aurait été l'anniversaire de tonton Marc.

Tonton Marc, c'était le seul frère de maman, mon parrain. Trois ans plus jeune qu'elle. Je l'adorais. On partageait plein de choses : les matchs de NBA, les parties de Zelda, les films de super-héros et les comédies musicales. Maman nous appelait « les Inséparables », et elle répétait souvent en riant qu'elle se demandait parfois qui était le plus gamin de nous deux.

Tonton Marc s'est tué en moto il y a six mois. Maman s'est arrêtée de travailler pendant quelques semaines. Il a aussi fallu s'occuper de mes grands-parents qui habitent à l'autre bout de la France. Quant à mon père, il s'est réfugié dans le travail, comme chaque fois qu'il y a une mauvaise nouvelle.

Et moi ? Moi, je n'ai pas versé une seule larme. C'était trop dur. Trop de colère en moi pour me consacrer à la tristesse. C'était comme si on m'avait amputé du cœur. Je n'ai plus parlé pendant des semaines, pas un mot.

Asha et ses parents ont été super présents pour nous aider dans cette épreuve. Puis, un jour, j'ai retrouvé la parole, comme si j'avais arrêté de parler la veille. Ma mère est retournée dans l'école dont elle est directrice, mon père a accepté de nouveaux clients dans le cabinet où il est expert-comptable, et moi, j'ai retrouvé mes activités habituelles. Nous avons fait comme si la vie reprenait. Parce que le monde ne s'arrête jamais de tourner, même si on voudrait crier à la Terre entière que plus rien ne sera comme avant.

Mais mon oncle me manque, chaque minute de chaque jour.

Je m'approche de ma mère et, maladroitement, je lui enserre la taille et me blottis le nez dans ses longs cheveux. Dans six mois, je devrais la dépasser.

— Je peux faire quelque chose, m'man ?

Elle pose sa main sur la mienne, ses doigts effleurent la bague, mais elle ne la remarque même pas.

— Non, merci, mon chéri. Fais ce que tu as à faire, je t'appellerai pour mettre la table.

Je regagne ma chambre. Le contrecoup de cette journée de dingue me tombe sur les épaules.

Je contemple la pièce, désœuvré, et mon regard se pose sur ma console.

Je cède au chant des sirènes. Quoi de mieux qu'une séance de fusil à pompe contre des zombies pour se vider la tête ?

Je m'allonge à plat ventre sur mon lit, pose mon casque sur mes oreilles et lance une partie.

Je joue machinalement, sans plaisir. Juste pour croire que je peux penser à autre chose.

Alors que je suis en train de dégommer du mort-vivant à la chaîne, une notification apparaît dans le coin de l'écran :

Momoméros veut discuter avec vous.

Je tique. Non seulement je n'ai aucun Momoméros dans mes contacts, mais, surtout, je suis en statut hors ligne.

Comme l'a souligné Asha tout à l'heure, après l'accident de mon oncle je me suis progressivement coupé de tous nos amis. Désormais, même les heures que je passe sur ma console, c'est en solitaire. Je vérifie malgré tout que je ne me suis pas trompé, mais non, je ne suis pas censé être visible. J'ignore l'invitation et reprends ma partie, mais le Momoméros insiste, et les notifications arrivent en rafale, m'empêchant de me concentrer sur mon tir aux pigeons faisandés.

Je soupire et finis par décrocher.

— Ouais ?

— Bonsoir, Milo.

Mon alarme interne se met aussitôt à sonner. Cette voix grave est celle d'un adulte. Or, quand mes parents ont consenti à m'acheter ma console, ils m'ont bien recommandé de faire très attention à mes partenaires de jeu, et de ne pas entrer en contact avec des inconnus.

— Euh, on se connaît ?

— Moi je te connais, Milo.

OK, au mieux je suis tombé sur un petit marrant, au pire sur un pervers. Pas de temps à perdre.

— Ciao, mec, je raccroche, on n'a rien à se dire.

J'ai déjà le doigt sur la touche pour me déconnecter quand la voix mystérieuse me retient :

— Tu as préféré Achille ou Artémis ?

Mon cœur s'emballe.

— Je suis désolé de te prendre ainsi au dépourvu, Milo, mais nous n'avons pas beaucoup de temps. Ta mère a bientôt fini de cuisiner votre repas, et ton père n'est plus qu'à dix minutes de chez vous.

— Purée, mais vous êtes qui ? Je vous préviens, je vais appeler les flics !

— Tu sais déjà qui je suis, Milo. Simplement, tu n'es pas encore prêt à l'accepter. Je suis Homère.

Je ne peux pas m'empêcher d'être cynique.

— Homer Simpson ?

J'entends un profond soupir dans mon casque.

— Heureusement que j'ai eu le temps de m'habituer en deux mille cinq cents ans, parce que cette blague-là, ça fait trente ans qu'on me la sort…

Mais oui, bien sûr… En attendant, je ne sais toujours pas comment ce gars est au courant de tout ce qui m'est arrivé. Je décide de jouer le jeu, juste pour en savoir plus.

— Donc vous êtes Homère le poète grec, c'est ça ? Enchanté, Homère, moi je suis Alexandre le Grand.

— Hum, ça m'étonnerait, la dernière fois que je l'ai vu il était du côté de Babylone.

Non, mais c'est quoi ce dialogue de tarés ? Je devrais déjà avoir raccroché. Alors pourquoi quelque chose me retient de le faire ?

Parce qu'une petite voix au fond de moi me dit que cette situation est bien réelle.

— Excusez-moi, m'sieur Homère, mais aujourd'hui encore j'ai visité une expo qui vous était consacrée, et ils disaient que vous n'avez peut-être jamais existé. Que vous seriez une sorte d'auteur fictif, à qui on attribuerait *L'Iliade* et *L'Odyssée*, qui auraient en fait été écrits par d'autres. Donc, que vous seriez un gros *fake*.

Il n'a pas l'air irrité. Je perçois même de l'amusement dans sa réponse.

— Oh, oui, je connais ces théories. Certains avancent aussi qu'une femme serait à l'origine de certains de mes poèmes. Ce ne serait pas pour me déplaire, soit dit en passant. Le plus ancien et le plus connu de tous les auteurs, qui serait en réalité une femme, avoue que ça serait un joli pied de nez à des siècles de domination masculine… Bref, que j'aie réellement existé ou non, que je sois l'incarnation d'un fantasme ou la personnification de plusieurs autres personnes, je ne t'ai pas choisi par hasard, Milo, et tu dois m'écouter attentivement. Ton père vient d'entrer dans le lotissement, nous n'avons plus beaucoup de temps.

— Comment ça, vous m'avez choisi ?

— Eh bien, oui, tout à l'heure, au musée ! Nous nous sommes longuement dévisagés, toi et moi. J'ai eu le temps de sonder ton âme. Tu es un garçon au cœur pur et généreux. Certes, tu ne traverses pas la meilleure période de ta vie en ce moment, mais c'est justement cette épreuve qui te fera grandir.

C'est le moment que choisit maman pour m'appeler depuis la cuisine.

— Milo, tu viens mettre la table ? On mange dans cinq minutes.

— J'arrive, m'man !

Puis, en chuchotant :

— M'sieur Momo, vous avez entendu ma mère ? Faut que j'y aille, là.

— Accorde-moi encore un instant sans m'interrompre. Après, c'est toi qui choisiras si tu veux ou non continuer l'aventure.

— Ouais, ben vite fait, j'ai pas envie d'être puni.

— Il y a plus de quatre mille ans, les dieux, les Titans et autres créatures vivaient avec les humains. Leur existence était connue de tous, et les récits mythologiques que tu connais ne sont qu'une infime partie de ce qu'était alors notre quotidien.

« Les siècles passant, les dieux se sont progressivement désintéressés des affaires des hommes qui prenaient de plus en plus d'indépendance. L'Olympe, les océans ou les enfers sont devenus les résidences exclusives des divinités, tandis que les mortels s'appropriaient définitivement la surface de la Terre. Bientôt, Zeus tout-puissant a pris une décision irrévocable, et a créé une frontière entre le monde des mortels et celui des divinités. Rapidement, ces dernières sont devenues des légendes, des histoires qu'on se raconte de génération en génération, jusqu'à oublier qu'elles ont existé, et existent toujours.

Je secoue la tête. Ce mystérieux inconnu est en train de me raconter que non seulement les divinités antiques et tous les mythes auraient réellement existé, mais qu'en plus ils seraient toujours là, dans un autre monde ? OK... Toute ma raison me hurle de raccrocher sans écouter les élucubrations de ce fou furieux.

Alors pourquoi est-ce que la bague choisit précisément ce moment pour se mettre à chauffer autour de mon doigt ? Serait-ce un avertissement envoyé depuis... là-bas ?

— Bon, admettons..., je consens, mal à l'aise. Imaginons que Zeus, Apollon, les centaures, tout ça, ça existe toujours, dans un monde auquel on ne peut accéder. Qu'est-ce que je viens faire là-dedans ?

— Il existe une faille, un portail entre les deux mondes, par lequel s'échappent régulièrement des créatures malfaisantes ou d'autres Titans malintentionnés.

— Quoi ? Mais dans quel but ?

— Ce sont des parias, rejetés par tous, du fait de leur nature monstrueuse. Ils ont été expulsés de votre monde avec les autres divinités au moment de la grande séparation, mais, en même temps, ils sont repoussés, voire chassés par les dieux sur l'Olympe. Ils n'ont donc pas d'endroit à eux.

— Mais c'est triste ! ne puis-je m'empêcher de remarquer. C'est pas leur faute.

— Je devine en toi un cœur généreux, Milo, mais ne te trompe pas. S'ils viennent dans votre monde, ce n'est pas pour réclamer asile ou pour que vous les accueilliez. Bien au contraire. Ils viennent avec la volonté de vous asservir, de semer le désordre ou le chaos pour, un jour, prendre le contrôle. Et, si ce jour devait arriver, ce serait une grave menace pour l'Olympe, car ils seraient devenus trop puissants.

Ouah, notre monde est un enjeu stratégique entre les dieux et les Titans ! Pourquoi est-ce que j'ai l'impression que rien n'a changé depuis des milliers d'années ?

— Et pourquoi on n'en a jamais entendu parler ?

— S'ils se dévoilaient tels qu'ils sont vraiment, ils se feraient tout de suite remarquer et n'auraient pas le temps d'agir. Aussi ne se montrent-ils pas et se cachent-ils derrière des phénomènes que vous qualifiez de naturels, des tsunamis ou des éruptions volcaniques, par exemple.

— Sérieux ?

— Oui. Ce vieux Typhon en personne s'amuse à ensevelir des régions ou des villes sous la lave et les cendres. Heureusement, son mode opératoire est assez répétitif, et la plupart du temps nous arrivons à le neutraliser avant qu'il ne commette plus de dégâts. Mais certains de ses congénères sont plus subtils, et s'abritent derrière des identités insoupçonnables pour engendrer la violence et la misère.

— Ah… Et ce sont qui, ces « nous » qui empêchent ça ?

— Les Gardiens.

— Les Gardiens, hein ?

Pourquoi est-ce que je sens arriver le bon gros coup de théâtre, là ?

— Il existe cinq Gardiens chargés de traquer ces êtres renégats. Chacun est le possesseur d'une bague unique, qui concentre les pouvoirs de quatre divinités ou héros différents. Comme ces bagues sont portées par des mortels, tout naturellement, elles changent de propriétaire au fil des années.

— Et c'est qui les quatre autres ? Ils sont ici aussi ?

— Tu te doutes bien que leur identité doit rester secrète, Milo. Les Gardiens sont les garants de l'équilibre entre nos deux mondes, mais, à ce titre, ils constituent des cibles de choix pour ces créatures malintentionnées. Nous ne sommes qu'une poignée à connaître leur identité. En revanche, je peux te dire que, si vous êtes cinq, c'est parce que vous êtes un Gardien par continent.

Il y a des fois, je ferais mieux de réfléchir avant de parler.

— Il n'y a pas six continents, en vrai ?

— Tu crois vraiment que l'Antarctique est un territoire stratégique ? Je ne pense pas que les pingouins constituent des enjeux dans une guerre entre dieux et Titans.

Ouais, OK. Je vois le genre.

— Donc je suis un Gardien, chargé de renvoyer des monstres dans un monde d'où ils n'auraient jamais dû s'échapper, c'est bien ça ?

— Oui, Milo, tu…

Tchac !

Je viens d'arracher la prise de ma console, coupant la parole à ce vieux barbu. Honnêtement, j'ai eu ma dose pour la journée, ça suffit. Je suis peut-être un Gardien avec des pouvoirs surhumains, mais je suis avant tout un adolescent qui risque de se faire botter les fesses s'il n'obéit pas à ses parents et ne file pas mettre la table.

Depuis des milliers d'années qu'il existe, Homère peut bien attendre que j'aie vidé le lave-vaisselle.

Je déboule dans la cuisine, me confondant en excuses, et me dépêche de m'acquitter de ma tâche.

— Ça sent super bon, m'man, dis-je en remplissant la carafe d'eau. Tu as préparé quoi ?

— Moussaka ! J'avais envie de cuisiner un plat grec, pour changer.

Argh !

6

— C'est quoi cette bague ? me demande mon père.

J'ai aussitôt envie de la cacher, mais, si je le fais, il va trouver ça louche.

— Fais voir ? dit ma mère. C'est fou, je ne l'avais même pas remarquée.

Je tends la main, un peu gêné.

— C'est mon pote Karim qui me l'a passée, c'est la mode en ce moment.

Sceptique, mon père hausse un sourcil.

— C'est pour le moins… imposant.

Étonnamment, il n'en rajoute pas et s'abstient de toute vanne gênante. Pourtant, d'habitude, mon père n'est pas le dernier pour se moquer des autres. Cette fois, il reste prudent. Ma mère, elle, regarde l'anneau d'un peu plus près.

— Tu es sûr que c'est Karim qui te l'a donnée ? Ce ne serait pas plutôt Asha, hum ?

Je manque m'étrangler avec ma moussaka. Je m'attendais à une attaque du paternel, mais c'est la daronne qui me tacle. Traîtresse !

— Pourquoi tu dis ça ?

Un léger sourire apparaît au coin de ses lèvres. C'est bon de la voir ainsi. Ça fait tellement longtemps que je n'ai pas entendu son rire…

— Oh, mais pour rien ! Juste, mon fils qui passe sa journée avec sa copine, au musée, puis dans sa chambre, je me dis qu'il y a peut-être un peu plus qu'une vieille amitié d'enfance…

C'est officiel, je suis aussi rouge que les forges de Vulcain.

— Maman !

— Ben quoi, ce n'est pas un crime d'être amoureux à ton âge.

— Mais maman !

Heureusement, mon père vient à la rescousse. Décidément, c'est le monde à l'envers.

— Céline, laisse ton fils tranquille. Regarde-le, le pauvre, on dirait qu'il va disparaître sous la table.

— Oh, moi, ce que j'en dis, répond-elle avec un clin d'œil.

Puis, désignant la bague :

— En tout cas, je la trouve super chouette, tu me la fais essayer ?

— Non ! je m'écrie en retirant aussitôt la main.

Le souci, c'est que, dans le mouvement, je fais légèrement tourner l'anneau. Oh, pas complètement, mais il se déplace d'un petit millimètre en direction du symbole marteau. C'est suffisant pour que mon corps soit pris de tremblements, qu'une vive douleur me traverse les muscles, et que je pousse un grognement rauque. Dans un réflexe salvateur, je replace l'anneau sur le symbole manette, plonge la main sous la table et lève les yeux sur mes parents, éberlués.

Ceux-ci me dévisagent comme si je venais de m'asseoir sur une punaise enduite de harissa.

— Tout va bien, Milo ? demande ma mère. Ce sont les aubergines qui ne passent pas ?

— Non non, tout va bien. C'est juste que… Eh bien, ça porte malheur de faire essayer une bague qu'on vous a offerte, je tente d'expliquer en me raclant la gorge.

Ma mère lève les yeux au ciel et mon père secoue la tête. Aucun des deux n'est dupe, mais ils décident de jouer le jeu. Je pense que l'anniversaire de tonton Marc pèse tellement au-dessus de nos têtes qu'ils sont prêts à tout accepter plutôt que de partir dans des discussions qui provoqueraient des tensions.

— Ce qu'il ne faut pas entendre…, murmure ma mère. Quelqu'un reveut de la moussaka ?

*

Après le repas, je fais la vaisselle en m'efforçant de parler de tout sauf de la visite au musée, puis je regagne ma chambre alors que mes parents s'affalent dans le canapé pour regarder une série.

Je devrais me sentir comme sur des charbons ardents après les événements de ces dernières heures, mais ce n'est pas le cas. Au contraire, je suis étrangement calme. Je ne sais pas, c'est comme si une partie de moi trouvait ce qui m'arrive normal. En y réfléchissant bien, j'ai presque une vague impression de déjà-vu. Genre, j'ai vécu ces trucs dans une vie antérieure.

Après, je suis épuisé, aussi. Ça doit jouer. Quand on y pense, ce n'est pas tous les jours qu'on se transforme en divinités grecques et qu'un poète vieux de plusieurs milliers d'années vous contacte par le biais de votre console. Si ça se trouve, j'ai même une invitation TikTok de la part de Napoléon et je ne suis pas au courant.

J'aurais pu rebrancher ma console pour vérifier si Homère ne m'a pas laissé un vocal, mais, là, je suis au bout de ma vie. Alors je m'allonge sur mon lit, un bras derrière la nuque, l'autre tendu devant moi. J'observe l'anneau sous tous les angles, m'interrogeant sur les deux derniers symboles, la chouette et le marteau.

J'y ai réfléchi : la chouette, je ne suis pas trop bête, je suis sûr qu'il s'agit d'Athéna, la déesse de la sagesse et de l'art du combat. J'en mettrais ma main à couper. Le marteau ? Dans un premier temps, j'ai pensé à Thor, le dieu nordique du tonnerre. Je me suis même dit que si je pouvais ressembler à Chris Hemsworth, ce serait carrément géant ! Le problème, c'est que Thor n'est pas grec. Du coup, j'ai ma petite idée, mais si c'est bien celui auquel je pense, je ne suis pas pressé d'avoir son physique.

Puis je me dis que je pourrais peut-être penser à faire enfin mes devoirs, ou envoyer un message à Asha qui doit se demander ce que je deviens depuis qu'elle m'a vu en train d'essayer de choper Raoulette pour me faire un sandwich à la gerbille. Mais la seule chose que je réussis à faire, c'est retirer mes baskets et m'endormir aussitôt.

Je ne sais pas s'il y a le symbole de Morphée sur une des cinq bagues, mais une chose est sûre : il m'attendait à bras ouverts.

*

Le lendemain matin, je profite de la récré pour résumer ma soirée à Asha. Elle ne m'interrompt pas une seule fois, se contentant de froncer les sourcils au fur et à mesure que j'entre dans les détails.

Quand j'ai fini de raconter, elle reste un instant silencieuse, puis ouvre enfin la bouche :

— Bon.

— Comment ça, « bon » ? C'est tout ce que tu trouves à dire ? Je te raconte qu'un type mort depuis des milliers d'années est venu me taper la discute pour me dire que j'étais une sorte d'Avenger de l'Antiquité, et toi, tu ne me demandes même pas si je suis devenu fou ?

Elle hausse les épaules et s'assure que personne ne l'entend.

— Milo, j'étais avec toi quand tu t'es transformé deux fois de suite, et je t'ai vu sortir indemne d'une collision avec une voiture, alors, crois-moi, je n'en suis plus à me demander si tu as piqué de la vodka à tes parents ou si la moussaka de ta mère était aux aubergines radioactives. Tu me dis que tu es investi d'un rôle de Gardien, ou que sais-je ? OK. C'est carrément invraisemblable, mais j'accepte. La question qui nous intéresse maintenant, c'est : qu'est-ce que tu dois faire ?

— Comment ça, qu'est-ce que je dois faire ?

— Tu es censé retrouver des monstres ou des créatures pour les renvoyer dans un autre monde. Très bien, mais tu vas accepter ? Homère t'a laissé le choix ou pas ?

Elle a raison, comme d'habitude. Je lui ai fait le résumé de la soirée comme si j'avais déjà accepté cette mission complètement dingue. Et en même temps, dans la mesure où on n'a pas réussi à m'enlever cette fichue bague, est-ce que j'ai seulement le choix ? Sans compter que, de la même façon que tout ce qui m'arrive me paraît anormalement logique, une petite voix au fond de moi me souffle que je n'ai pas à hésiter. Je *dois* le faire.

Je lui agite le doigt avec la bague sous le nez.

— Je crois que c'est tout vu, meuf! C'est comme dans *Harry Potter*, j'ai été choisi par un vieux truc tout moisi.

Ma référence au Choixpeau magique ne lui arrache même pas un sourire. À croire qu'elle se fait davantage de souci que moi.

— Bon, OK, admettons, consent-elle. Il va se passer quoi, maintenant ? Qui tu dois chercher ? Quand ? Comment ? Homère va te taguer dans des publications Insta ? Et si tu retrouves un monstre, tu es censé faire quoi ? Il t'a expliqué tout ça, le vieux barbu ?

Je reconnais bien là son esprit pratique : on m'a confié une mission, mais je ne sais absolument rien de comment je dois m'y prendre. En même temps, si je n'avais pas arraché la prise pour couper le sifflet à Momoméros…

Plongé dans mes réflexions, je n'entends pas un groupe d'élèves passer près de nous. Pourtant, quand Benoît Kubiak déboule avec sa bande de crétins décérébrés, difficile de ne pas les remarquer. Ils s'esclaffent comme des ânes, balancent des grossièretés tous les trois mots, rotent aussi fort qu'ils peuvent pour voir la réaction des profs… De bons gros bourrins.

Kubiak ralentit en passant devant nous, la tignasse rousse ébouriffée et les joues écarlates.

— Salut, les filles. Alors, on parle chiffons ? Bollengier, t'es en train de demander à ton Indienne si elle peut te coudre un petit top ? C'est pas ce que font les gamins, là-bas ? T'as raison, ça ira très bien avec ta nouvelle bague. Mais n'oublie pas ton eye-liner la prochaine fois, tu ne fais pas encore assez princesse à mon goût.

Puis il s'éloigne en rigolant comme un veau au milieu de son troupeau. Voici Benoît Kubiak : macho, xénophobe, débile et prêt au pire pour faire rire les copains.

— Ignore-le, me conseille Asha, qui vient pourtant d'être encore l'objet d'une remarque raciste.

Ignorer… C'est ce qu'on me dit tout le temps. D'ignorer la bêtise et la méchanceté des autres, et surtout de Kubiak. Lui, ça fait des années que je le supporte au quotidien. Il me harcelait déjà en primaire, jusqu'à ce que mes parents menacent de porter plainte. Depuis, il s'est un peu calmé, il fait moins son *bully*, mais il ne se prive jamais de m'insulter ou me lancer une vanne bien moisie au passage.

Alors, oui, d'habitude, je l'ignore, même si au fond ce type me révolte. Et aussi parce que, physiquement, je ne ferai jamais le poids et qu'il me fait peur... Mais, ce matin, je ne sais pas ce qui me prend. Des années d'humiliation à encaisser sans rien dire laissent soudain la place à une vague de colère qui me submerge. Je sais que ça va paraître étrange, mais c'est comme si une guerrière en moi se réveillait, et je retrouve le même instinct de chasseuse que celui qui m'a animé hier soir.

En trois bonds, j'ai rattrapé son petit groupe. Une bourrade pour éjecter le malheureux qui se tient entre nous, puis je tire Kubiak par le col, tout en lançant la jambe pour une balayette qui le cloue au sol sans qu'il ait le temps de comprendre ce qui lui arrivait. Mais ce n'est pas assez. J'en veux plus. Je me retrouve à califourchon au-dessus de lui, mes genoux lui maintenant les bras au sol.

— Écoute-moi bien, Kubiak : si je t'entends encore une fois insulter une de mes sœurs, je jure de te couper la langue et de la jeter à mes chiens.

Tous les élèves de la cour se sont agglutinés autour de nous, avides d'assister à une bonne baston. Ils nous encouragent à nous battre, et des moqueries fusent déjà en découvrant que j'ai mis mon adversaire au sol.

Et lui, d'être ainsi humilié devant le collège, ça le rend fou de rage. Il a beau être immobilisé, il me crache au visage :

— T'as perdu la tête, Bollengier ? Et depuis quand c'te meuf, c'est ta frangine ? T'es un homme mort, tu m'entends, je vais te…

La gifle magistrale que je lui assène lui renvoie ses insultes dans la gorge, provoquant des « ooooooh » de stupéfaction dans le public. Puis ma main plonge dans mon dos, à la recherche de…

Ma dague ?

Je suspends mon geste, en proie à l'incrédulité. D'où je me baladerais avec un couteau à la ceinture ?

Asha profite de ce moment de stupeur pour fendre les premiers rangs et me prendre par le bras.

— On se tire, les surveillants vont arriver !

Elle m'extrait du groupe, mais, en enjambant Kubiak, lui lance au passage :

— T'as entendu mon pote ? On ne veut plus voir ta face de rat.

Puis elle m'entraîne du côté du hangar à vélos, sous les yeux médusés de l'assistance. Son regard assassin incite les quelques élèves qui auraient voulu nous suivre à faire demi-tour. Quand nous sommes enfin sûrs d'être tous les deux, elle se campe face à moi.

— Tu m'expliques ? C'est quoi ce délire ?

La tension n'est pas retombée, et mes mains tremblent encore de colère.

— T'as entendu comment il t'a parlé ? Je pouvais pas laisser passer.

Troublée, Asha détourne le regard, et sa voix s'adoucit.

— Merci, Milo, c'est la première fois que tu prends ma défense comme ça. Mais c'était hyper risqué, tu te rends pas compte.

Je me gratte la tête en essayant de retrouver mon calme. Une douce euphorie succède à l'excitation de la bagarre. Non seulement je ne regrette pas une seconde d'avoir démarré Kubiak, mais, en plus, j'ai aimé ça. Quant à savoir pourquoi j'ai pris la défense d'Asha, ça, ça coule de source. La question est plutôt de se demander pourquoi je ne l'ai pas fait plus tôt… Heureusement, une notification sur mon téléphone nous arrache à ce moment de gêne.

— Milo ! s'exclame mon amie. T'as vraiment envie de te prendre une heure de colle aujourd'hui ? Les portables doivent être éteints dans le collège, c'est pas comme si tu...

Devant mes yeux ébahis, elle s'interrompt et comprend alors.

— Oh ! Ce serait...

Ben oui. Qui pourrait me contacter sur un téléphone pourtant déconnecté ou à travers une console ?

— Attends, je vérifie qu'il n'y a pas de surveillant.

Elle me tourne le dos pour faire le guet, tandis que je sors mon téléphone. Comme je m'y attendais, j'ai un message de Momoméros. Je hausse les sourcils en découvrant sa photo de profil : un buste d'Homère avec des lunettes de soleil et coiffé d'un bonnet rasta.

Salut, Milo. Il est temps de te confier ta première mission. Pour cela, va au CDI, tu as un livre à rendre.

Euh, pardon ? C'est quoi le rapport entre ma mission et le CDI ? En plus, ça fait des semaines que je n'y ai pas mis les pieds. Si j'avais emprunté un livre, je m'en souviendrais.

Non, il n'a quand même pas fait ça ?

— Qu'est-ce qui est écrit ? demande Asha.

Je ne lui réponds pas, ouvre mon sac, fouille dans mes affaires de classe et bien sûr…

— Nom de…

En évidence, entre deux cahiers de cours, se trouve un exemplaire de *L'Odyssée*. Que, bien évidemment, je n'ai jamais emprunté au CDI. Quel farceur, ce Homère.

— Milo, tu vas cracher le morceau oui ou non ?

— Attends…

Je cherche à répondre à Momoméros, mais c'est impossible, le message a disparu.

Bon…

Je referme mon sac, range mon téléphone et demande à Asha :

— Tu m'accompagnes au CDI ?

7

Le hasard fait bien les choses. Mme Leroy, notre prof d'anglais, est annoncée absente. Ce qui nous permet de nous rendre au CDI plus tôt que prévu.

Le hasard, vraiment ?

Quand nous y entrons, quelques rares élèves occupent des tables, mais l'endroit est clairsemé. À son bureau, M. Nochir, le documentaliste, est absorbé par son ordinateur, qu'il contemple d'un air perplexe.

Je ne le connais pas encore très bien. Il est arrivé en début d'année, et j'ai dû me rendre à tout casser trois fois au CDI depuis la rentrée. Comme nous approchons de son bureau, il relève la tête de son écran et nous adresse un sourire chevalin. Je n'avais pas capté qu'il avait de si grandes dents. Ni autant de poils qui lui sortent par touffes des oreilles. Avec son long catogan qui lui balaie les épaules, il n'a vraiment rien d'un premier prix de beauté…

— Bonjour, jeunes gens, nous accueille-t-il. Que puis-je pour vous ?

Intimidé, je sors l'exemplaire de *L'Odyssée* de mon sac et le lui tends.

— Bonjour, m'sieur. Je suis venu vous rendre ce livre que j'ai emprunté… euh… en début d'année. Enfin, je crois…

Non mais quelle brêle je fais ! Je ne peux pas me contenter de lui donner le bouquin sans m'embarquer dans des descriptions à rallonge ? Asha me marche sur le pied pour me faire comprendre de ne pas m'enfoncer davantage.

— *L'Odyssée*, répond M. Nochir sans s'en saisir. On n'a rien écrit de mieux depuis plus de deux mille ans, si tu veux mon avis. Tu en as pensé quoi, Milo ?

Ah ben il est balèze, lui. Se rappeler mon prénom alors que je suis venu trois fois seulement dans sa salle.

— Euh, ouais, c'était pas mal.

— Pas mal ? relance-t-il en me laissant en plan avec le livre tendu.

— Ben oui, les épreuves, le long voyage, le fait qu'il se relève chaque fois quand on lui annonce qu'il va devoir continuer à naviguer, tout ça…

Il m'observe un moment en silence. C'est bizarre, j'ai soudain l'impression que son visage ne m'est pas inconnu. En plus, ma bague se met à chauffer, comme pour m'avertir de l'imminence de quelque chose.

Finalement, M. Nochir se décide à prendre le livre. Mais, en l'attrapant, ses doigts touchent les miens, et une vive lueur m'aveugle.

Sonné, je cligne des paupières à plusieurs reprises avant que ma vision ne se rétablisse.

Et là, je découvre que je ne suis plus au CDI !

Je suis au pied d'une colline, sous un soleil magnifique. Hébété, je fais un tour sur moi-même. Plus d'Asha, plus de CDI, plus de collège. Rien que la nature battue par les vents, et de hautes herbes qui chatouillent mes mollets nus.

Hein ?

Je baisse la tête pour découvrir que je suis en sandales et jupette.

— Achille ! Que je suis heureux de te revoir !

Je me retourne brusquement et retiens à grand-peine un cri de surprise. Un centaure ! Un centaure vient d'apparaître, de je ne sais où. Incrédule, je scrute son corps mi-homme mi-cheval, et son visage me rappelle…

— Monsieur Nochir ? je demande avec ma grosse voix de prince grec.

Le centaure ressemble en effet en tout point à mon documentaliste. Exception faite de son corps de cheval, bien sûr…

Ce dernier secoue la tête d'un air amusé.

— Milo, je sais que tu es là, mais laisse Achille partager ses souvenirs avec toi. Tout deviendra beaucoup plus clair.

Que je laisse Achille partager ses souvenirs ? Il est marrant, le canasson ! Comment je suis censé faire ? J'en ai déjà l'apparence physique. Je m'oblige néanmoins à respirer profondément, en mode méditation. Dans mon esprit apparaissent alors des images de moi enfant. Non, pas de moi, d'Achille. J'apprends à manier la lance et l'épée, j'apprends le chant, la médecine et les récits de mes aînés, le tout dispensé par…

— Chiron ! je m'exclame. C'est bien vous ?

Le centaure approuve d'un vigoureux hochement de tête.

Chiron, le centaure immortel. Celui à qui le père d'Achille l'a confié pour son éducation. Nous sommes donc au pied du mont Pélion, en lointaine Thessalie. Et je comprends d'un coup : CHIRON/NOCHIR. C'est une anagramme. Et moi, je ne l'avais pas captée. C'est définitivement un petit comique, ce Homère.

— Monsieur Noch… Chiron, qu'est-ce qu'on fait ici ? C'est quoi ce délire ? Et pourquoi c'est pas Momoméros qui est là ?

— Quelques éclaircissements s'imposent, répond le centaure. Homère – Momoméros – est en quelque sorte le superviseur des Gardiens.

J'essaie de me rappeler la conversation d'hier avec le vieux barbu.

— On est cinq Gardiens en tout, c'est ça ? Ça va, c'est pas trop difficile comme boulot.

Chiron garde son sourire de façade, mais sa réponse est sans appel.

— Tu as tort de le prendre à la légère, Milo. Être un Gardien requiert de grandes qualités physiques et morales. Certes, vous n'êtes que cinq, mais les dangers qui pèsent sur l'humanité sont innombrables. Crois-moi, Homère a beaucoup à faire pour lutter contre l'invasion de nos ennemis. Et, sans sa vigilance depuis des milliers d'années, ton monde serait depuis longtemps sous l'emprise des Titans, baignant dans le chaos et les larmes.

Je baisse la tête.

— Excusez-moi, je ne voulais pas manquer de respect…

— Tu es tout pardonné, Milo. Tout ceci est tellement nouveau pour toi. Ce que tu dois retenir c'est que, si Homère surveille de très près les missions qui te seront confiées, c'est moi qui serai ton contact au quotidien. Si tu as la moindre question, le moindre renseignement à demander, c'est à moi qu'il te faudra t'adresser.

Par réflexe, je lève le doigt, comme si j'étais en classe. Chiron me regarde, étonné.

— Euh, nous sommes entre nous, Milo, tu n'es pas obligé de…

— Oh, pardon ! je comprends en baissant le bras. Justement, j'ai deux questions. La première, c'est : comment je fais si je dois vous contacter en dehors des heures de collège ? Genre, je veux vous demander un truc super urgent en soirée. Je vais quand même pas attendre le lendemain et l'ouverture du CDI ?

— Pronote.

— Hein ?

— Tu as bien l'appli Pronote sur ton téléphone ?

Cette bonne blague ! Quel collégien n'a pas Pronote dans sa poche ? Qui permet de savoir en temps et en heure les profs absents, les devoirs à faire, ce qu'on mange à la cantine… Et à nos parents de nous fliquer !

— Évidemment !

— Eh bien, c'est très simple : tu n'auras qu'à me prévenir en passant par la messagerie. « Contacter le CDI ». C'est malin, non ?

— Mais euh… Vous n'avez pas un numéro perso à me donner ? Ce serait tout de même plus rapide.

Il secoue le doigt.

— Hermès, le dieu messager, a conçu un plug-in indétectable dans Pronote. Avec cet ajout, nos échanges seront secrets, et tu pourras toujours me contacter depuis n'importe quel téléphone ou ordinateur.

Attendez… il vient bien de dire qu'Hermès, fils de Zeus, avait conçu un plug-in ? OK, on marche définitivement sur la tête. Il peut désormais m'annoncer que c'est Arès, le dieu de la guerre, qui a développé la dernière saison de *Fortnite*, je ne m'étonnerai même plus… Donc allons-y pour tchater avec l'Olympe depuis Pronote.

— Tu avais une deuxième question, Milo ?

— Ah oui, bien sûr ! Ben justement : c'est quoi, ma première mission ?

Chiron fronce les sourcils, et je devine que l'heure est grave.

— Nous pensons avoir localisé un monstre dans la ville.

— Comment ça, vous pensez ? Vous n'en êtes pas sûrs ?

— Milo, as-tu déjà vu aux infos ou sur Internet des images de harpies, de sphinx ou d'Hécatonchires, ces créatures aux cent bras ?

— Ben… non.

— Et pour cause : tous ces monstres, dès qu'ils arrivent dans ton monde, prennent une apparence humaine, afin de ne pas se faire repérer. Comme moi, d'ailleurs. Donc, quand je dis que nous pensons avoir localisé un ennemi, ta première mission est de confirmer son identité, puis de le neutraliser.

J'ai le cœur qui s'emballe. Étrange mélange d'excitation et de peur.

— Et comment ça se neutralise, un monstre de l'Antiquité ?

Du doigt, il désigne mon anneau.

— Fais confiance à tes pouvoirs. Si je n'ai qu'un seul conseil à te donner, c'est de ne jamais négliger une divinité. Tu en as quatre à disposition, n'utilise pas uniquement celle qui te paraît la plus forte. Toutes sont complémentaires.

J'observe mon anneau, me retenant de hausser les épaules. Si je me transforme en Achille, que peut-il m'arriver ? Je n'aurai qu'à piquer les bottes d'équitation de ma mère. Elles me couvriront le talon, et je serai invincible.

Chiron doit deviner mes pensées, car il lève les yeux au ciel et retient une grimace. Mais, après tout, il a été mon instructeur – ou plutôt celui d'Achille – par le passé, il connaît donc l'arrogance de ce dernier.

Il me tend alors un bout de parchemin, sur lequel une adresse a été écrite à la main :

P. Hyphème - rue d'Ithaque

— C'est un entrepôt dans la zone artisanale à l'extérieur de la ville, explique le centaure. C'est là que tu dois te rendre pour accomplir ta première mission.

OK. Cool. De la balle.

— Dites, j'ai une toute dernière question : je peux y aller accompagné ?

Il me regarde comme si je venais de proférer une ânerie plus grosse que le mont Olympe, puis comprend où je veux en venir.

— Il est évident que ce rôle de Gardien est un secret que personne ne doit connaître. Mais il semblerait que, dans ton cas, il y ait déjà eu une exception à cette règle pourtant sacrée.

Il marque un temps d'arrêt, et murmure comme pour lui-même :

— Je me demande d'ailleurs pourquoi les Six ne sont pas intervenus à ce sujet…

Les Six ? C'est qui, ceux-là ? Mais notre documentaliste quadrupède reprend :

— Fais comme bon te semble, Milo. Mais ne prends jamais une mission à la légère. Bonne chance.

Ses contours, comme ceux du décor, s'estompent progressivement, jusqu'à bientôt disparaître.

— Milo ? Milo, mais dis quelque chose, bon sang !

Je m'ébroue et me rends compte que je suis de nouveau au CDI, avec Asha qui me secoue par le bras. M. Nochir est allé ranger *L'Odyssée* dans son rayon.

— Milo, relance Asha, est-ce que tu vas bien ? Tu m'as fait une de ces peurs. Tu étais en transe, comme la fille dans la dernière saison de *Stranger Things* !

Par réflexe, je secoue les bras, mais non, je n'ai rien de cassé. En revanche, je sens, au creux de mon poing serré, un bout de papier que je n'ai pas besoin de regarder.

— Euh, Asha, tu fais quoi, ce soir ?

8

— T'es conscient que si mes parents apprennent ce qu'on est en train de faire, je serai privée de sortie au moins jusqu'à ma retraite ? s'inquiète Asha.

J'acquiesce gravement, incapable de répondre, concentré sur mon effort. Si elle croit que les miens réagiront de façon plus cool si on se fait choper, c'est qu'elle n'a jamais vu ma mère en mode vénère *high level*.

Déjà, quand le collège l'a appelée pour l'avertir que je m'étais battu avec Kubiak, j'ai cru que j'allais être consigné dans ma chambre jusqu'aux vacances, privé de console. En revanche, quand mon père est rentré et qu'elle lui a raconté mes déboires, ce dernier a eu une réaction complètement inattendue. Lorsqu'il a appris que c'était avec Kubiak que je m'étais fritté, j'ai clairement vu une lueur d'admiration dans son regard.

Bien sûr, il ne m'a pas félicité, surtout pas devant ma mère furax, mais il l'a entraînée dans le salon pour discuter en tête à tête. J'ai entendu des bribes de conversation, où il était notamment question de colères consécutives à la mort de tonton Marc. Je n'ai pas cherché à les contredire, bien content de ne pas avoir à leur expliquer que cette soudaine agressivité était davantage due à la présence d'Artémis dans mon corps qu'à mon deuil.

Sacré tonton Marc ! Même depuis l'au-delà, il continue à me sauver la mise.

Bref, j'en ai été quitte pour un sermon de ma mère sur la violence qui ne résout rien aux problèmes, na na ni na nère, et une simple mise en garde, assortie d'un clin d'œil en douce de mon père.

À l'heure convenue, Asha et moi nous sommes donc retrouvés à la sortie de notre lotissement, vêtus de noir de la tête aux pieds, bonnet enfoncé jusqu'aux sourcils. Tout juste si on ne s'est pas fait des traits de cirage sous les yeux, façon commando d'élite. Sauf que les James Bond en herbe que nous sommes n'avons pas pensé qu'il nous fallait rejoindre l'autre bout de la ville, et qu'à cette heure-ci il n'y a plus aucun bus. Résultat, j'ai dû retourner chez moi, enjamber la clôture, et aller chercher mon vélo dans l'abri de jardin en priant tous les dieux pour ne pas faire grincer la porte. C'est ainsi que nous traversons les rues désertes, moi pédalant, Asha assise sur le guidon. Je ne sais pas si Asha ressent la même chose que moi, mais désobéir à mes parents pour une petite fugue est carrément excitant. À condition qu'on ne se fasse pas choper par la police, alertée par deux ados en pleine nuit sur un seul vélo.

Il faut croire que les policiers ont mieux à faire, car nous arrivons dans la zone d'activité sans encombre. Asha, les yeux rivés sur son téléphone, indique :

— La rue d'Ithaque est la deuxième à gauche.

Un dernier effort et nous débarquons dans ce qui s'avère être une impasse à peine éclairée. L'entrepôt que nous recherchons est tout au fond, nous en apercevons à peine l'enseigne aux lettres écaillées : SARL P. HYPHÈME.

Aucune autre indication. On ne sait pas s'ils fabriquent des conserves, des chasses d'eau, des mirlitons ou des trombones à coulisse.

Je pose mon vélo contre le grillage. La température est clémente, mais, malgré ma double épaisseur de vêtements, je tremble de nervosité.

La façade de l'entrepôt est classique. Une bête porte d'entrée et un portail de chargement pour les camions de livraison, rien d'autre. Asha lève la tête et plisse les yeux.

— Difficile à dire dans le noir, mais on dirait qu'il n'y a pas de caméras de surveillance.

Perso, j'ai du mal à y croire. Même un entrepôt aussi miteux que celui-ci devrait en avoir. De toute façon, je ne la sens pas du tout, cette mission. On va se faire choper en moins de deux, j'en suis sûr.

— On fait le tour pour voir s'il y a une autre entrée ? propose Asha.

Je lui emboîte le pas, les mâchoires toujours serrées.

L'arrière du bâtiment possède une porte de secours, mais, bien évidemment, elle est fermée à clé. Une barre de sécurité munie d'un énorme cadenas en renforce l'inviolabilité.

— Je suppose que c'est à toi de jouer, annonce Asha, à qui j'ai pris soin de raconter en détail ma discussion dans l'autre dimension avec Chiron.

Je me frappe le front.

— Ah, mais oui, c'est vrai, avant de partir j'ai pris ma montre laser et mes chewing-gums explosifs... Meuf, tu te crois dans un roman d'espionnage ? Comment veux-tu qu'on ouvre cette porte ?

Malgré l'obscurité, je devine son agacement et ses beaux yeux noirs qui me fusillent sur place.

— Mec, t'es un Gardien ou un vigile à la foire aux manèges ? Si tu renonces devant un cadenas, c'est à se demander pourquoi t'as été choisi.

Piqué au vif, je grommelle pour la forme, mais elle a raison. Je repense à ce que m'a expliqué Chiron, et me décide à sortir mon téléphone.

— Tu fais quoi ? demande Asha.

— Je vais sur Pronote.

— Sur Pro… Tu vas bien, Milo ? Tu veux savoir s'il y a des frites à la cantine ou si la prof d'arts plastiques a donné un nouveau projet ?

Indifférent à ses railleries, je vais sur la messagerie, choisis M. Nochir dans la liste des destinataires et envoie un message pour expliquer la situation. Comme s'il allait me répondre maintenant alors que…

Oh, la vache ! Enfin, le cheval ! Il a déjà répondu :

> Milo, je te l'ai dit tout à l'heure : chaque divinité qui t'est attribuée est complémentaire des trois autres. Ne te focalise pas seulement sur une ou deux. La solution se trouve forcément chez l'une d'entre elles.

Fébrile, je réponds :

Oui, mais je suis nouveau dans le game, m'sieur. Un petit coup de pouce ne serait pas de trop. Juste pour commencer.

Bonne chance, Milo !

Whaaat? Il vient de me raccrocher au nez, l'ongulé !

Bon, vu que je suis livré à moi-même, réfléchissons : Achille ? Il est invulnérable, mais pas non plus doté d'une force surhumaine. Sur ce coup-là, si j'avais pu être Hercule, ç'aurait été plus simple.

Artémis ? C'est une chasseuse redoutable, mais que pourrait-elle faire face à une porte blindée ? Restent la chouette et le marteau. Le marteau... Bon, j'ai compris. Je redoutais ce moment, mais si c'est bien ce que je pense... Je préviens Asha :

— Recule-toi, on ne sait jamais.

Elle ne demande pas pourquoi et s'exécute, puis j'inspire un grand coup et tourne le médaillon sur le marteau.

Et cette fois, j'ai pris soin d'emprunter un survêtement à mon père...

Oh, nom de… ! Je réprime à grand-peine un hurlement de douleur. J'ai l'impression que tous mes os se tordent. C'est insoutenable. Je tombe à genoux, prêt à m'évanouir.

— Milo !

Je ne peux répondre, les mâchoires soudées par la souffrance. Puis la douleur disparaît d'un coup et je me relève en chancelant, le souffle court.

— Milo, est-ce que ça va ?

Je repousse Asha en détournant la tête. Je ne veux pas qu'elle me voie ainsi. Même s'il fait sombre, même si ça n'est que temporaire.

Je suis devenu Héphaïstos, le dieu du feu et de la forge, prince des artisans. Un don unique pour façonner les plus belles choses, une sensibilité extraordinaire dans un corps difforme, depuis que sa mère, horrifiée par son physique disgracieux, l'a jeté du haut du mont Olympe.

Il a aimé les plus belles déesses, Aphrodite en tête, mais il est tellement laid… je ne veux pas qu'Asha me rejette ! Alors je me relève en cachant mon visage et m'approche de la porte en boitant. Je cherche par terre et finis par trouver un débris métallique suffisamment fin pour me servir de passe-partout. Ouvrir le cadenas, retirer la barre de sécurité et débloquer la serrure est un jeu d'enfant pour le dieu des forgerons.

— Bravo, Milo ! trépigne Asha.

Excitée comme une puce, elle s'approche pour me féliciter, mais je grogne.

— N'avance pas !

Elle s'arrête net.

Un tour de médaillon et Héphaïstos le difforme, le mal-aimé, laisse la place à Milo, l'adolescent malhabile. Certes, je ne suis pas bien épais ni très séduisant avec mon appareil dentaire et mon début d'acné, mais au moins je peux regarder Asha en face sans avoir peur de mon reflet dans ses yeux.

— Maintenant, on peut y aller.

Elle ne répond pas, mais me prend la main et la serre fort. Ce simple contact est plus grisant que du nectar ou de l'ambroisie.

Nos téléphones en guise de lampes-torches, nous pénétrons dans l'entrepôt sur la pointe des pieds. Il n'y avait peut-être pas de caméras extérieures, en revanche, nous étions bien naïfs de penser qu'il n'y aurait pas d'alarme non plus. Un boîtier à côté de la porte se met à clignoter en émettant des bips de plus en plus rapprochés. Encore quelques secondes et ça va sonner tellement fort que tout le voisinage va être alerté.

Asha tente de rentrer des numéros au hasard. Le désespoir vous fait parfois agir de façon irrationnelle.

— Bon sang, Milo, panique-t-elle en s'évertuant à taper sur le clavier de façon aléatoire, il faut trouver une solution, on va se faire…

Mon bras passe au-dessus de son épaule, ma main empoigne le boîtier et l'arrache dans une gerbe d'étincelles. Aussitôt, le compte à rebours s'arrête. Incrédule, Asha me dévisage. Je jette négligemment le matos grésillant et retourne l'anneau. *Ciao* Achille.

C'est que je commence à y prendre goût, mine de rien.

Nous découvrons alors l'endroit. De grandes étagères métalliques montant jusqu'au plafond, un chariot élévateur, trois rangées de machines à coudre, des rouleaux de tissu et des centaines de cartons. P. Hyphème fait dans le textile, et ce hangar sert à la fois d'usine et de lieu de stockage. Je n'ai jamais entendu parler de cette marque, mais, en même temps, les fringues et moi…

Après avoir fait le tour de l'entrepôt, nous devons nous avouer bredouilles.

— On fait quoi ? murmure Asha.

— On rentre ?

— Déjà ? Tu fais vraiment un drôle de Gardien, toi, si tu abandonnes au premier obstacle.

Je n'en crois pas mes oreilles ! On voit que ce n'est pas elle qui a senti tous ses os se tordre jusqu'à la rupture, tout à l'heure. Et puis, si elle veut tant que ça être Gardienne à ma place, je lui laisse volontiers ma bague ! Parole, la prochaine fois qu'Homère me contacte, je lui demande comment refiler l'anneau à Asha.

Alors que je m'apprête à lui répondre, nous entendons une quinte de toux. C'est bref, étouffé, mais je suis formel : on a toussé.

Nous coupons nos téléphones et nous retrouvons plongés dans le noir. Quelqu'un est caché dans l'entrepôt, il nous a forcément repérés à cause de nos téléphones. Même noyés dans l'obscurité, nous sommes devenus le gibier.

Le gibier… Mais oui, c'est tellement évident ! Un tour de médaillon, et me voici redevenu Artémis. Artémis chasseresse, Artémis au croissant de lune !

Mes sens sont à nouveau décuplés. Ma vision s'adapte à l'obscurité, je perçois des dizaines d'odeurs différentes, j'entends le vol d'un oiseau au-dehors, un rat qui se faufile contre un mur, et surtout j'entends…

— Milo, qu'est-ce que tu fais ? chuchote Asha.

Je suis allongé au ras du sol, aux aguets. Non, nous ne sommes pas seuls dans ce hangar. Mais je perçois deux respirations différentes ! Humant l'air comme un chien de chasse, je m'approche d'un établi supportant des cartons, des étiquettes d'expédition et des rouleaux de scotch d'emballage. J'en éprouve la résistance, mais il me semble impossible à bouger tout seul. Alors je laisse mon instinct prendre le dessus. Ma main furète sous l'établi jusqu'à trouver un boîtier muni d'un interrupteur. Sans hésiter, j'appuie et me recule.

Pas de froid sépulcral ou de grincement sinistre. Juste un mécanisme parfaitement huilé. L'établi se déporte sur le côté, libérant l'accès à une fosse, dans laquelle on descend par un escalier.

Comme je m'en approche, le pied déjà sur la première marche, Asha me retient.

— Milo, attends ! On ne sait pas ce qu'il y a en dessous.

Je me dégage plus brusquement que je le voudrais. Je suis en mode traqueur. Artémis réclame sa proie, je sais qu'elle est là, à quelques mètres.

Asha se résout à me suivre. Quelques marches seulement, puis nous retrouvons un sol en terre battue. Une odeur âcre de transpiration me prend à la gorge. Elle est tellement suffocante que c'en est trop pour mes sens. J'ai le réflexe de tourner la bague, avant de me sentir mal. Mais ma vision nocturne a eu le temps d'apercevoir un nouvel interrupteur, mural cette fois.

J'appuie dessus, et une batterie de néons s'allume, dispensant leur lumière aveuglante. Asha et moi nous cachons les yeux de nos bras, le temps de nous réhabituer. Mais parfois, on préférerait être aveugles.

Quand nous pouvons enfin rouvrir les paupières, c'est pour découvrir un homme allongé sur un matelas, à même le sol. Une chaîne épaisse passée autour de sa cheville est rivée au mur. Les yeux bouffis, le visage hagard, il nous contemple sans comprendre, se demandant qui sont ces deux adolescents qui débarquent en pleine nuit.

— Qui… qui êtes-vous ? Vous êtes avec lui ?

Lui ? Qui c'est, « lui » ? Pas le temps de poser la question. Je me précipite à ses côtés, et il a un geste de défense, comme si j'allais le maltraiter. Pauvre homme, qu'a-t-il donc subi ?

Je me penche vers sa cheville pour éprouver la solidité de la chaîne et du cadenas qui le retiennent prisonnier. C'est du costaud. L'espace d'un instant, je songe à redevenir Héphaïstos, pour débloquer le mécanisme. Mais le souvenir de la torture physique que représente ce changement m'en dissuade.

— Asha, appelle les secours, vite !

Mon amie s'escrime sur son téléphone, en vain.

— Pas de réseau au sous-sol, râle-t-elle. Je remonte pour les appeler.

— Non ! j'ordonne.

La brutalité de mon ordre me choque moi-même. D'une voix que j'espère plus douce, j'explique :

— Ne monte pas toute seule, s'il te plaît. C'est sans doute un… un piège.

D'où je sais ça, moi ? Artémis la chasseresse prend de plus en plus le dessus. Mais pour une fois, Asha m'écoute sans protester.

— On fait comment, alors ?

Discrètement, je tourne à nouveau le médaillon, appelant Achille en renfort. Pourvu que l'homme, dans son stress, ne se rende pas compte de ce changement. Puis je m'éloigne de quelques pas, saisis la chaîne à pleines mains et commence à tirer de toutes mes forces. Vache, que cette saloperie est bien fixée au mur ! Mais, par le Styx, il n'est pas encore construit, l'obstacle qui me tiendra tête !

Mes muscles tremblent, et mes mâchoires crispées laissent échapper un râle d'effort, mais je tiens bon, tire de plus en plus fort et, soudain, dans une gerbe de plâtre et de poussière, la plaque métallique est arrachée du mur.

Surpris, je tombe à la renverse, mais me rétablis sans mal. Sur son matelas, l'homme n'en croit pas ses yeux. Il est tellement sidéré qu'il ne songe même pas à s'enfuir. J'en profite pour redevenir Milo, puis m'apprête à lui dire de se barrer fissa, quand une voix dans l'ombre nous fait sursauter.

— Enfin ! Je me demandais quand ce vieux croûton d'Homère allait m'envoyer un de ses sbires.

Nous nous retournons aussitôt, pour nous retrouver face à un type tellement grand qu'il touche presque le plafond. Il doit mesurer près de deux mètres, a des épaules hyper larges, un torse puissant, et des mains comme des battoirs. L'une d'entre elles tient un poignard dont la lame est si grande qu'elle pourrait embrocher un mouton. Détail incongru : bien qu'on soit dans un sous-sol, il porte une paire de lunettes de soleil tellement opaques qu'on ne distingue pas ses yeux.

Derrière nous, le prisonnier pousse des gémissements apeurés qui me nouent les tripes. Qui est donc cet individu si terrifiant ?

Il sourit, dévoilant une rangée de dents jaunes et pointues, puis tend la lame de son couteau vers nous.

— Lequel de vous deux est le Gardien ?

Ah, lui aussi est au courant ? On dirait bien que toute la ville va savoir que j'ai une bague magique, à ce rythme-là… J'aimerais qu'à ce moment précis Momoméros ou Chiron se manifeste pour me dire ce que je dois faire. Que l'un des deux m'explique à quelle créature on a affaire. Bref, qu'il me décrive le mode d'emploi du parfait petit Gardien, parce que là, ça sent le pâté, et je ne vais pas demander de faire une pause le temps de me connecter à Pronote !

Ah oui, vraiment, ça, c'était la pure idée moisie.

J'en suis là de mes réflexions quand Asha, folle de rage, s'avance d'un pas et crache toute sa colère :

— Espèce d'ordure ! Pourri ! Vous me donnez envie de vomir ! On va prévenir les flics, sale monstre ! Kidnappeur ! Bourreau !

Le sourire du colosse s'accentue. Il attend qu'Asha ait fini de vider sa colère, puis il s'adresse à moi :

— Bon, le Gardien, c'est toi, avorton. Homère est peut-être un vieux croulant, mais il n'aurait jamais choisi une harpie pareille pour porter une de ses bagues à la noix. Donc on va pouvoir s'expliquer, toi et moi. Juste nous deux.

La suite se joue en quelques secondes. Avec une vitesse stupéfiante, il lance son poignard en direction d'Asha. Je n'ai que le temps de plonger pour la pousser.

La lame épargne mon amie.

Et me frappe en plein cœur.

9

Il y a au moins un avantage à l'utilisation de cette bague, c'est que les transmutations se font de plus en plus rapidement. Ainsi, entre le moment où cet homme effrayant a levé le bras pour lancer son couteau, et celui où j'ai plongé pour protéger Asha, j'ai eu le temps de tourner le médaillon pour redevenir Achille.

J'ai rudement bien fait, non ?

Au lieu de m'embrocher comme un méchoui, le couteau du colosse s'est brisé en deux contre ma poitrine indestructible. Merci, maman Thétis, qui a eu la bonne idée de me plonger dans le Styx à ma naissance.

— Milo ! s'exclame Asha. Tu es blessé ?

Dans le feu de l'action, elle n'a pas vu ma transformation.

— N'aie crainte, ma douce amie. Cette créature des enfers ne peut rien contre la puissance du prince de Thessalie. Par les dieux, je vais lui faire rendre gorge et son âme naviguera bientôt dans la barque de Charon !

Ma grandiloquence et mon ton pompeux rassurent Asha, qui comprend que j'ai eu le temps de tourner l'anneau. En revanche, ce coup de théâtre n'a pas l'air de déstabiliser le géant aux lunettes de soleil. Son sourire cruel s'est élargi, et j'aperçois de la bave couler le long de ses canines.

— Intéressant… Ce vieux fou d'Homère t'a donc confié la bague d'Achille.

Allô, allô ? On dirait que cette armoire à glace est au courant de bien des choses. Plus que moi, en tout cas.

— Par Hadès, qui es-tu donc, vile créature ? Et que sais-tu de ces bagues ? Parle !

— Tss, tss, tss…

Il secoue la tête, faussement navré.

— Il est vrai qu'Achille a longtemps brillé par sa force et ses colères, moins par sa subtilité. Tu n'as donc rien deviné, avorton ?

Il retire ses lunettes et Asha ne peut retenir un cri d'effroi. L'homme n'a qu'un seul œil, injecté de sang, qui nous fixe cruellement. À l'emplacement de ce qui aurait dû être son deuxième œil ne se trouve qu'une boursouflure de chair. Comme si son orbite avait été recouverte de peau. Un géant de près de deux mètres, sanguinaire et avec un seul œil…

— Un cyclope ! trépigne Asha dans mon dos. C'est un cyclope !

Tout s'emboîte alors dans mon esprit.

— Pas n'importe quel cyclope, mon amie, j'explique. Ce monstre est le plus connu de cette race maudite. Il s'agit de Polyphème, ce berger cruel que mon camarade Ulysse affronta à son retour de Troie, après que cette engeance eut dévoré nombre de ses compagnons.

— Je comprends mieux le nom de la société, souffle Asha. P. Hyphème. P pour Paul. Il n'a même pas pris la peine de se cacher !

Le cyclope effectue une parodie de courbette.

— Pour vous servir, les jouvenceaux. Et puisque tu évoques Ulysse, gamin, on va s'épargner les vieilles ruses moisies, genre tu t'appelles Personne, tu me fais prendre une cuite, tu me crèves l'œil et vous vous enfuyez en vous cachant sous mes moutons*. Au cas

* Afin de ne pas interrompre le rythme trépidant de cette scène d'action, l'auteur rappelle à ses lecteurs qu'ils ont certainement étudié *L'Odyssée* en classe de 6e. Sinon, un petit tour au CDI, à la bibliothèque ou sur Internet vous apprendra les nombreuses ruses d'Ulysse.

où tu n'aurais pas remarqué, les seuls moutons ici, c'est vous deux, qui êtes tombés tête la première dans mon piège.

Un piège ? Qu'est-ce qu'il raconte ?

Il claque des doigts et, aussitôt, l'homme sur son matelas se recroqueville sur lui-même, tremblant.

— Qu'est-ce que vous lui avez fait ? s'exclame Asha.

L'homme grelottant se met alors à rapetisser, rapetisser, jusqu'à devenir… un rat, qui s'enfuit à toutes pattes entre nos jambes, nous arrachant un cri de surprise.

— Un vieux truc de ma copine Circé, nous explique le cyclope dans un sourire dégoulinant de bave. Y a pas mieux qu'elle pour transformer les hommes en bête… ou l'inverse.

— Mais… pourquoi ?

Oui, je sais, ce n'est pas très développé, comme question. Même pour Achille. Mais que demander d'autre face à la rafale de questions qui nous remuent le cerveau ? Comment Polyphème sait-il que je suis le nouveau Gardien ? Pourquoi nous avoir tendu un piège ? Que suis-je censé faire maintenant ?

Cela dit, sa réponse n'est pas terrible non plus, question arguments :

— Parce que !

Il pousse un rugissement terrible qui fait se blottir Asha dans mon dos. Puis il arrache l'interrupteur dans une gerbe d'étincelles. La trappe se referme alors au-dessus de nous et le sous-sol se retrouve plongé dans le noir le plus complet.

— Plus de lumière ni d'ouverture de la porte. Donc vous allez devoir me battre, et dans le noir, en plus. Qu'est-ce que tu en dis, mon petit Achille ? Je te préviens, tu as intérêt à ne pas te planter, car si tu rates ton coup je m'en prendrai d'abord à ta copine. Tu es prêt à courir ce risque ?

Ce que j'en dis ? D'abord que Polyphème est un insupportable bavard qui se la raconte un peu trop. Quant à ce que je dois faire, je n'en ai pas la moindre idée ! Si, sous la forme d'Achille, je reste invulnérable, il n'en est rien d'Asha.

— Milo, par pitié, fais quelque chose, me supplie cette dernière.

— Tu as entendu la créature, je réponds. Penses-tu vraiment que le noble Achille prendrait le risque de sacrifier son aimée ?

Un silence, puis Asha demande :

— Euh, tu m'as appelée comment, là ?

Non mais c'est fou, ça, je ne contrôle même pas mes paroles ! Il ne faudrait pas qu'Asha s'imagine des choses, non plus.

Des mouvements du côté de Polyphème m'alertent. Le cyclope est en train de bouger, et je ne sais pas par où il va attaquer. Je repère sa silhouette dans l'obscurité ; sans réfléchir, je lui bondis dessus et lui décoche un monstrueux crochet au foie.

Polyphème se tient aussitôt le ventre, l'air surpris, puis il se met à rire. D'un rire si puissant qu'il en fait tomber de la poussière du plafond.

— C'est tout ce que tu sais faire, Péléide ? Tu devrais être plus assidu sur les champs de bataille et passer moins de temps à te prélasser dans tes palais, parce que tu frappes avec la force d'une naïade !

C'est fou, ça. J'ai pourtant mis toute ma rage dans mon coup, et lui, ça le chatouille seulement. Profitant qu'il se tient les côtes pour mieux rire, je lui adresse un nouvel uppercut, au menton, cette fois. Ma parole, un coup pareil, ça assommerait un buffle. Mais lui ? Rebelote ! Il se frotte la joue d'un air désinvolte.

— Je pense qu'à ce rythme-là, Ulysse aurait le temps de faire deux fois son trajet par les mers avant que je commence à ressentir la douleur, petit prince. Mais assez perdu de temps : je commence à avoir l'estomac dans les talons. Dans les talons… tu as la référence ?

Avec une rapidité que ne laisse pas deviner sa corpulence, il plonge au sol et essaie de m'agripper les chevilles. Mon talon, évidemment ! La seule faille dans mon invincibilité. S'il arrive à ne serait-ce que l'égratigner, je suis cuit.

Je n'ai que le temps de rouler sur le côté pour échapper à son attaque. Je sens ses ongles acérés me frôler le mollet. Il ne s'en est fallu que de quelques centimètres.

Ce monstre a raison, on en a pour toute la nuit à ce rythme-là. Nous allons passer notre temps moi à esquiver ses attaques, lui à encaisser mes coups comme si c'étaient des piqûres de moustique. Bon sang, si seulement j'avais la force d'Héraclès. Il me faut un plan.

Un plan ?

Mais bien sûr ! Achille est peut-être invincible, mais ce n'est pas vraiment un stratège. En revanche, j'en connais une dont c'est la spécialité. Et vu qu'il me restait une transformation à essayer…

Mes doigts effleurent la bague, à la recherche du symbole de la chouette. Je tourne l'anneau, et…

Une grande sagesse m'envahit alors. Je suis calme. Serein. Non, pas serein : sereine ! Sûre de ma force et de la tactique à mettre en place.

Asha, toujours collée contre moi, a senti ma transformation.

— Milo, est-ce que tout va bien ?

— Silence, mortelle ! Nul n'ose interrompre Athéna dans ses réflexions.

Ouaouh ! Jamais de la vie je ne parlerais de cette façon à Asha, ni à quiconque d'ailleurs. Mais ce n'est pas Milo qui s'exprime, c'est Athéna. Athéna la déesse guerrière, la stratège militaire, la reine de la confiance en elle.

Asha se retient, mais je l'entends nettement grommeler qu'elle me conseille d'aller me faire voir chez les Grecs…

La voix rocailleuse de Polyphème nous interrompt :

— Bon, les tourtereaux, c'est pas tout ça mais j'ai une usine à faire tourner, moi. Alors, vous vous rendez ?

— Nous rendre, monstre ? Mais dans quel but ? Que cherches-tu à obtenir de nous ?

On entend Polyphème souffler d'exaspération.

— Mais que c'est fatigant, de devoir toujours tout expliquer ! Bon, de une, c'est toi qui nous intéresses, Milo, Athéna ou qui que tu sois. Ta petite copine, on n'en a rien à faire. Elle est juste au mauvais endroit au mauvais moment.

— Cela fait deux fois que tu utilises le « nous », Polyphème. Qui est avec toi ? Ou plutôt, qui, dans l'ombre, agite les ficelles du vulgaire pantin que tu es ?

— Moi, un pantin ? éructe le cyclope. Tu vas voir comment le pantin va te rectifier le portrait, espèce de bêcheuse ! Avec les compliments de mon père au passage*.

Il fonce bille en tête, nous chargeant comme un bélier fou. Je lève alors les bras et crie :

— Zeus, j'implore ton pouvoir ! Asha, ferme les yeux !

Je sens une vague d'énergie envahir mon corps. Je tends les mains vers le plafond. De mes doigts jaillit un éclair aveuglant.

Polyphème rugit. L'espace d'une fraction de seconde, je l'aperçois qui s'arrête dans sa course pour se masquer l'œil du bras. C'est plus qu'il ne m'en faut.

Dès que le sous-sol est replongé dans le noir, je tourne à nouveau ma bague pour redevenir Artémis. Ce n'est pas pour rien qu'on m'appelle la déesse de la lune et

---

* Instruisons-nous en nous amusant. Le père de Polyphème est Poséidon, le dieu des océans. Athéna, fille de Zeus, est donc sa nièce, puisque Zeus et Poséidon sont frères (vous suivez un peu ?). Jusqu'ici, rien de très compliqué. Or, il se trouve que l'oncle et la nièce ont souvent été rivaux. Ainsi, lorsque la ville d'Athènes fut fondée (mais elle ne s'appelait pas encore ainsi), les deux divinités voulurent la prendre sous leur garde. Zeus, roi des dieux, désireux de ne pas se mouiller en tranchant entre son frère et sa fille, laissa les habitants de la cité décider. Ces derniers choisirent Athéna, au détriment de Poséidon. C'est ainsi qu'Athéna donna son nom à la cité d'Athènes, et que Poséidon est devenu un gros rageux.

que je vis la nuit. Je plonge sur les débris du coutelas de Polyphème, effectue une roulade et lance les deux morceaux d'acier, sûre de mon coup.

On entend nettement le bruit de l'acier qui s'enfonce… dans le mur. Puis le rugissement de rage du cyclope.

Je me précipite à l'endroit de l'impact, tout en manipulant à nouveau ma bague. Athéna est de retour.

— Asha, ton flambeau magique, maintenant !

— Mon flam… Ah, mon téléphone !

Mon amie active son mobile en mode lampe et le braque dans notre direction.

La lumière dispensée tremble, mais elle est suffisante. J'aperçois Polyphème, écumant de rage. Les fragments de son propre couteau ont traversé ses vêtements et l'ont cloué au mur par son tee-shirt, tel un papillon. La précision de ma sœur Artémis est redoutable.

— Tu vas regretter de ne pas m'avoir tué ! éructe le cyclope.

Il pousse un nouveau rugissement, arrache son tee-shirt et s'avance vers moi. Son buste est musculeux, recouvert de longs poils bruns et de cicatrices écœurantes. Il me dévisage de son œil unique et crache :

— Encore en femelle ? Tu n'appelles même pas Achille à la rescousse ? Dommage…

Il se jette sur moi, griffes en avant, de toute sa taille et de toute sa puissance. Mais il me suffit d'un seul coup. Alors qu'il me plonge dessus, je lance ma jambe et mon pied le cueille à la base du cou. Je lui écrase un nerf et il s'écroule, inconscient.

Je contemple sa carcasse inanimée et jette :

— Polyphème, ta bêtise continue à te perdre à travers les siècles. Pourquoi me transformer en mortelle, alors que ma science du combat est supérieure même à celle d'Arès, le dieu de la guerre ?

Puis je fais demi-tour et rejoins Asha.

— Continue à m'éclairer, mortelle. J'ai encore besoin de ton aide.

Nouveau tour de bague et nouveaux gémissements de souffrance. Bon sang, si chaque fois que je me transforme en Héphaïstos je dois endurer de telles douleurs, je vais faire l'impasse !

Mais la mutation en dieu des bricoleurs me permet de réparer le boîtier électrique en quelques minutes. Alors que l'électricité revient et que les néons grésillent, je repositionne l'anneau sur la manette de jeu. Milo est de retour. Je sais, c'est risqué, vu la position dans laquelle nous sommes, mais c'est comme si tous ces changements successifs m'avaient épuisé, et que je devais redevenir l'ado que je suis pour reprendre des forces. Besoin de me retrouver.

Un coup d'œil à Polyphème, dont le corps est encore immobile. Mais pour combien de temps ?

— Bon, on fait quoi ? demande Asha. Il va finir par se réveiller et ça va être terrible.

— Je ne sais pas, j'avoue. On ne va quand même pas le tuer ?

— Qu'est-ce que j'en sais, moi ? répond mon amie avec une pointe de sarcasme. Après tout, je ne suis qu'une simple mortelle, je ne suis pas dans le secret des dieux...

Et voilà, je m'y attendais à peine...

— Écoute, je suis désolé pour tout à l'heure, je te jure que je ne voulais pas te parler ainsi, c'est juste que...

— Ça va, souffle Asha, je crois que j'ai compris... Tout ceci nous dépasse complètement, ce n'est pas ta faute.

Heureux qu'elle le prenne ainsi. Et qu'elle évite de rebondir sur le « mon aimée » !

— Et puis tout ceci ne nous dit pas ce qu'on doit faire de ce... cyclope. Oh, la vache, je n'y crois pas moi-même, un cyclope, quoi ! C'est quoi la prochaine étape ? Une sirène ? La Méduse ?

Une notification fait vibrer mon portable. Un message m'attend sur Pronote :

Bravo, Milo ! Première épreuve réussie.
Tu n'as plus qu'à renvoyer Polyphème dans le monde qu'il n'aurait jamais dû quitter. Pour cela, rien de plus simple : ouvre l'application « Antiqua » sur ton téléphone, et prends-le en photo.

L'application « Antiqua », hein ? Pourquoi est-ce que ça ne m'étonne même plus ? Mais, avant, je ne peux m'empêcher de répondre, un peu vénère :

Et ça vous aurait défrisé la crinière de me dire AVANT comment je devais faire ? On a failli y laisser notre peau !

Deux minutes s'écoulent, pendant lesquelles je me demande si je n'ai pas été un peu trop insolent, puis la réponse du centaure s'affiche :

C'était l'occasion de te tester, Milo. Et tu t'en es très bien sorti. Mais tu as raison, il faut que nous en parlions, avec Homère. Il s'est passé des choses étranges. Nous ferons un débriefing demain. En attendant, renvoie Polyphème dans son monde, c'est le plus urgent.

Il a sans doute raison sur ce dernier point. Je fais défiler les icônes sur mon écran, et en trouve une que je n'ai jamais téléchargée. Elle représente un petit temple grec sur fond bleu.

Bon, ben, je l'ouvre, hein…

Autoriser Antiqua à accéder
à votre appareil photo lorsque
vous utilisez l'application ?

L'écran bascule sur l'appareil photo. Je m'approche prudemment du corps de Polyphème et braque mon téléphone d'une main tremblante. Sur mon écran, la silhouette du cyclope apparaît. J'appuie sur le bouton rouge. Un grésillement, et Polyphème se volatilise.

— *What the fuck!* s'exclame Asha. C'est aussi simple que ça ? Une appli toute bête pour faire disparaître un monstre en deux clics ?

— Ouais, même faire livrer un burger demande plus de manipulations…, je réponds en me grattant la tête. Ça paraît presque trop simple.

Un silence, puis Asha demande :

— Tu crois qu'ils vont en faire quoi ?

— Il va être jugé par les dieux et envoyé dans le Tartare.

J'ai répondu spontanément, sans même réfléchir. D'où je connais la réponse ? Aucune idée. Mais je la connais.

Asha me regarde avec de grands yeux.

— Aux enfers ?

— Oui, là où sont envoyés les pires criminels de l'Antiquité. Ils sont condamnés à y subir à jamais les mêmes tortures : pousser un rocher le long d'une montagne, se faire dévorer le foie par un vautour…

— Écouter des chants grégoriens toute la journée ou manger des choux de Bruxelles à tous les repas !

— C'est ça, je réponds en me marrant. Tu as l'idée.

La tension de cette nuit de dingue nous rattrape. On ricane à des blagues à deux balles, et la fatigue nous creuse des cernes.

— Bon, c'est pas tout ça, je soupire, mais il va falloir penser à rentrer. C'est dommage qu'il n'y ait pas l'avatar d'Hercule sur ma bague.

— Pourquoi, tu as du mal à ouvrir le couvercle de ton pot de confiture le matin ?

— Naaaan, c'est juste que je vais devoir me taper la route du retour avec ma voisine avachie sur le guidon, et que j'en ai mal aux pattes à l'avance. Allez, en route, mortelle !

10

Le retour se fait sans encombre. Aucune voiture de police, aucun voisin insomniaque pour s'inquiéter de deux adolescents en vadrouille au beau milieu de la nuit. À croire que les dieux veillent sur nous…

Asha et moi n'avons pas desserré les lèvres. Chacun devait ressasser les événements incroyables que nous avons vécus. Il sera toujours temps d'en reparler dans quelques heures… pourvu qu'on arrive à se lever ! Il ne manquerait plus qu'on soit notés absents au collège.

Je dépose Asha devant chez elle. On se cogne les poings et je regagne ma maison. La protection divine est toujours de mise, car j'arrive à ranger mon vélo dans l'abri de jardin et à regagner ma chambre sans réveiller quiconque.

Est-ce que le dieu Hypnos aurait fait en sorte que mes parents dorment d'un profond sommeil ?

Oh, mais attendez ! D'où je connais un dieu qui s'appelle Hypnos, moi ? Non mais c'est fou, ça ! Hypnos, fils de Nyx, frère de Thanatos et père de Morphée. Jamais entendu parler de ces gars avant ce soir, et voilà que je suis en train de réciter leur arbre généalogique.

Je ne vois qu'une seule réponse : chaque transformation me permet d'en apprendre davantage sur les dieux et les héros de la mythologie, et redevenir Milo entre deux n'y change rien.

Tout en enfilant mon pyjama, je me dis que c'est sympa d'être incollable sur l'Antiquité, mais ce n'est pas ça qui va m'aider pour mon devoir de maths de demain. Allez, Hypnos, Morphée et la famille, accordez-moi quatre heures de sommeil réparateur, par pitié !

Pourtant une demi-heure plus tard, je ne dors toujours pas… Trop d'adrénaline, et trop de questions qui me trottent dans la tête.

Je me tourne et me retourne dans mon lit en regardant défiler les minutes puis les heures sur mon réveil.

Je compterais bien les moutons, mais ça va me rappeler Polyphème. Alors, vu que je commence à devenir le Wikipédia vivant de l'Antiquité, je remplace les moutons par toutes les divinités et les héros de la mythologie depuis que Gaïa et Ouranos ont engendré les premiers Titans.

Le pire, c'est que ça semble marcher ! Mes paupières se font lourdes, et je suis sur le point d'enfin m'endormir quand j'arrive au voyage des Argonautes dans leur quête de la toison d'or.

Et je me redresse d'un coup, le cœur battant à tout rompre.

Se pourrait-il que…

Du calme, Milo. Ne t'enflamme pas. Pas d'espoir insensé. Oui, mais s'il y a ne serait-ce qu'une infime possibilité…

J'attrape mon téléphone et effectue une recherche sur des sites pointus évoquant les mythes et légendes grecs. Puis je me rallonge, en proie à une exaltation que je ne pensais plus jamais connaître.

Homère, mon petit père, on va avoir une discussion, toi et moi…

*

— Non, mais comment tu arrives à être autant en forme après la nuit qu'on a passée ? C'est injuste !

Asha a le souffle court et les mains sur les genoux. Le jeudi, on commence par deux heures d'EPS. Et qu'il vente, qu'il neige ou que ce soit la canicule, M. Dusautoir commence toujours son cours par le même échauffement : cinq tours de terrain, quelle que soit l'activité prévue.

C'est vrai que, malgré ma nuit blanche, j'ai une patate d'enfer ! J'ai couru à toute allure, sans marquer la moindre fatigue, et me suis même payé le luxe de prendre un tour d'avance sur les retardataires.

— Tu devrais faire attention, reprend Asha. Moi, je sais d'où ça vient, mais les autres… Je te rappelle qu'en temps normal tu cours à la vitesse d'un hérisson dépressif. Là, c'est comme si tu participais aux Jeux olympiques. Question discrétion, tu peux mieux faire.

Elle a raison, bien sûr. J'ai remarqué le regard mi-admiratif mi-suspicieux de notre prof quand j'ai franchi la ligne avec près d'un demi-terrain d'avance sur les suivants.

— Oh, Bollengier !

Je me retourne et vois Kubiak s'avancer. Il est cramoisi, le visage ruisselant de sueur. Instinctivement, je porte les doigts à ma bague, mais me retiens au dernier moment. Quoi que me veuille ce minable, je me sens suffisamment fort pour l'étaler sans avoir besoin de me transformer.

— Qu'est-ce qu'il y a, Kubiak ? C'est la bagarre que tu cherches ? T'en as pas eu assez hier ?

J'ai déjà les poings dressés, comme un boxeur. Tout mon corps frétille à l'idée de le rétamer d'un direct du gauche.

Mais mon harceleur lève les mains.

— Wow, du calme, Rocky, je suis pas venu pour me battre !

Je reste méfiant, mais il est seul, sans sa bande habituelle de babouins.

— Alors qu'est-ce que tu veux ?

Il se dandine, cherche ses mots, sans oser nous regarder en face.

— Je voulais juste… m'excuser, bredouille-t-il finalement. Pour ce que je t'ai sorti hier, Asha. J'ai été un gros naze et… enfin voilà, je tenais juste à vous le dire.

Puis il fait demi-tour et repart aussi rapidement qu'il est venu.

— Ah ben mince alors ! s'exclame Asha. Je m'attendais à tout sauf à ça. Tu y crois, toi ?

Je m'interroge sur les raisons d'un tel revirement. J'ai du mal à croire que notre petit affrontement d'hier ait suffi à le faire changer ainsi, surtout aussi vite. Mince, on parle quand même de Kubiak, là ! Il doit y avoir autre chose…

Le sifflet strident de M. Dusautoir m'arrache à mes réflexions.

— Asha, Milo, vous attendez quoi ? Rejoignez les autres au gymnase, on va former les équipes pour les matchs de volley.

On s'apprête à rattraper le reste de la classe, quand je m'arrête net, au point qu'Asha manque me rentrer dedans.

— Milo, fais attention !

Je me plie alors en deux et interpelle le prof d'une voix geignarde.

— M'sieur, je me sens pas bien, j'ai super mal au ventre… J'ai dû trop forcer en courant… Faut que j'aille aux toilettes… S'il vous plaît…

M. Dusautoir lève les yeux au ciel. S'il y a bien quelque chose qu'il ne supporte pas, ce sont les élèves qui veulent échapper aux exercices en demandant à se rendre aux sanitaires à la moindre occasion. Mais, comme j'ai couru aussi vite qu'un lévrier et que j'ai vraiment la tête du gars qui est prêt à avoir un groooooos accident, il m'expédie.

— Évidemment, tu n'as pas pris tes précautions… Allez, fais vite !

Les mains toujours crispées sur le ventre, je me précipite à petites foulées vers les toilettes, non sans avoir adressé un clin d'œil discret à Asha au passage.

Désolé pour mon amie, qui me dévisage interloquée, mais j'ai vraiment une urgence à régler seul.

Et ça n'a rien à voir avec un mal de ventre !

*

Je m'enferme dans une cabine, après avoir vérifié que les locaux étaient vides. Le règlement du collège stipule que, pendant les cours d'EPS, les téléphones portables doivent être rangés dans les sacs, dans des casiers fermés à clé, pour éviter les risques de vol. Je suppose que l'avenir de notre monde souffrira une petite entorse à ce règlement.

Je sors mon téléphone de ma poche et lance l'application Zoom. Quand j'ai reçu l'invitation à me connecter pour une visio ce matin, ça ne m'a même pas étonné. M. Nochir n'a-t-il pas dit qu'on allait faire un débriefing du combat contre Polyphème ?

Mais là, j'avoue avoir un peu peur. Ce n'est pas tous les jours qu'on s'apprête à faire un *live* avec un mec mort depuis des millénaires. Je me demande à quoi ressemble Homère en vrai.

Mon pouce effleure l'écran, ma tête s'affiche dans une fenêtre, puis une sonnerie retentit. Deux autres fenêtres s'ouvrent aussitôt. Dans l'une, le visage chevalin de M. Nochir, alias Chiron, apparaît, et je reconnais en arrière-plan les bibliothèques du CDI. Dans l'autre ? Rien. Momoméros n'a pas activé sa caméra, le filou. En revanche, c'est lui qui parle en premier :

— Bonjour, Milo. Comment vas-tu depuis hier ?

Oh, mais cette voix incroyable, elle me fait frissonner ! Comment pourrais-je la décrire ? Grave, puissante, qui semble remonter des profondeurs de la terre.

J'en ai la chair de poule.

— Dites… C'est vraiment vous, m'sieur Homère ?

Un rire à fracasser les colonnes de l'Acropole résonne au bout du fil.

— Oui, Milo, c'est bien moi. Je voulais te féliciter pour la réussite de ta première mission. Affronter Polyphème n'était pas l'épreuve la plus facile pour commencer, mais tu l'as accomplie de main de maître. Je savais que j'avais bien fait de te choisir pour recevoir la bague.

— Je dois avouer que tu nous as impressionnés, approuve Chiron. Le cyclope n'était pas un tendre adversaire, bravo.

Je reste insensible à leurs compliments. Pire, je m'en méfie, car ça veut certainement dire qu'ils vont essayer de me confier d'autres missions derrière. Et puis, j'ai tellement de questions à leur poser, avec si peu de temps. Alors je les brusque un peu :

— Je voulais vous demander : c'est normal qu'il m'ait tendu un piège ? Parce que c'était clairement le cas. Il a simulé un enlèvement juste pour que je trouve sa cachette, où il m'attendait pour me démonter la tête. Donc ça voulait dire qu'il était au courant que j'avais la bague et que j'étais un nouveau Gardien. Limite, il en savait plus que moi sur ce dossier. Mais je me souviens très bien de ce que vous m'avez dit hier, m'sieur Nochir : nos identités sont censées être secrètes. Alors comment ça se fait que Polyphème la connaissait ?

S'ensuit un léger silence, avant qu'Homère ne reprenne la parole :

— Il se peut qu'une créature s'échappe plusieurs fois de notre monde. C'est le cas de Polyphème, qui est un multirécidiviste, et qui est déjà venu sur Terre à de nombreuses reprises. Mais ils ne reviennent que tous les deux ou trois cents ans en moyenne. Comme les Gardiens, eux, sont des mortels, chaque fois qu'une créature revient elle doit faire face à un nouveau Gardien. Je suppose que, après l'expérience de ses dernières défaites avec tes prédécesseurs, Polyphème a voulu tout de suite essayer de te neutraliser.

— Oui, d'accord, neutraliser le Gardien pour ensuite foutre le bazar. Mais ça ne répond pas à ma question : comment savait-il que c'était moi ?

Silence de mes interlocuteurs, puis :

— Nous ne savons pas.

— Vous ne savez pas ?

— Non… C'est pour le moins inhabituel. Et nous allons chercher à comprendre pourquoi un Titan connaissait ton identité.

— Hyper rassurant, je ricane. Ah, une dernière chose : pourquoi il a dit « nous » à plusieurs reprises ? C'était comme s'il n'était pas seul dans le coup.

Je vois clairement les sourcils broussailleux de M. Nochir se froncer.

— Je pense que ça a sans doute un rapport avec ta première question, Milo. Sur le fait que Polyphème connaissait ton identité.

— Comment ça ?

— Vois-tu, les Titans et autres monstres brillent rarement par leur intelligence, et Polyphème ne fait pas exception à la règle. C'est un cyclope limité, dénué de subtilité, qui parle beaucoup, frappe encore plus, mais réfléchit peu.

— Ouais, un gros bourrin, quoi ? Oups, pardon, je ne voulais pas…*

---

* Comme l'auteur sent que certains d'entre vous risquent de passer à côté de sa vanne, il se fend d'une explication : à la base un « bourrin » désigne un mauvais cheval, avec une tare physique ou un mauvais caractère. Et comme Chiron est un centaure, c'est-à-dire une créature mi-homme mi-cheval… C'est bon, vous l'avez ?

Le centaure ne relève même pas ma comparaison maladroite et poursuit :

— Pour être totalement clair avec toi, Milo, Homère et moi trouvions que le plan consistant à t'attirer dans cet entrepôt pour te neutraliser était déjà très compliqué pour Polyphème. Cela nous a alertés.

— Vous voulez dire quoi ? J'ai peur de comprendre.

— Nous pensons que Polyphème n'a pas agi seul, et qu'il a été dirigé dans l'ombre par une créature plus évoluée que lui, conclut Homère. Qui connaissait ton identité et qui a expliqué au cyclope comment monter son plan.

— Génial… Et ça arrive souvent, ça ? Que des fuyards de votre monde s'allient pour échapper à leurs Gardiens.

— Jamais.

C'est bien ma veine. À peine nommé Gardien, je me tape les nouveautés du catalogue Olympe avec le duo de vilains pas beaux à me coltiner.

Des coups frappés sur la porte des toilettes me font sursauter.

— Milo, est-ce que ça va ?

Mince, M. Dusautoir a dû s'alarmer du temps que je prenais. Je pose ma main sur le micro du téléphone et réponds en gémissant :

— Oui, oui, m'sieur… J'ai bientôt fini.

— Je t'attends dehors, mais dépêche-toi !

Une fois qu'il est parti, je reprends ma visio en chuchotant :

— Bon, vous allez faire comment, pour identifier le cerveau de l'histoire ?

— Nous n'avons pas le choix, Milo, répond Homère. Nous allons te renvoyer en mission.

— Comment ça, sans savoir qui se cache derrière ? Oh, j'ai compris ! Vous voulez que je serve d'appât ? Pour obliger le grand méchant à sortir du bois ?

— Eh bien, c'est en quelque sorte l'idée, avoue Chiron.

— Très bien. J'aurais fait pareil à votre place. Mais ma réponse est non !

Un silence marque la surprise de mes interlocuteurs, puis la voix d'outre-tombe d'Homère demande :

— Comment ça, non ? Aurais-tu peur, Milo ? Toi qui possèdes les pouvoirs réunis d'Achille l'invincible et de trois dieux ?

— Ah non, non, rien à voir ! J'ai pas peur, m'sieur Momo. Juste, je n'accomplirai aucune nouvelle mission tant que vous n'aurez pas répondu à d'autres questions.

Est-ce un soupir que j'entends de l'autre côté de l'écran ? En tout cas, Chiron, lui, a l'air gêné. Comme s'il se doutait de ce que j'allais demander.

— Très bien, finit par lâcher Homère. Mais je te préviens : il est certaines questions qui doivent rester sans réponse…

OK, mec. Je te tiens par la barbichette et, crois-moi, je ne vais pas te lâcher.

— Qui décide quels dieux ou héros sont présents sur chaque bague ?

— Pour la faire courte, disons qu'après que le monde des dieux et celui des humains se sont détachés et que Typhon, le premier de tous les monstres, a tenté de revenir parmi les mortels, tout ce que l'Olympe, les océans, les forêts et les enfers contiennent de créatures s'est réuni lors d'un conseil extraordinaire. C'est à cette occasion qu'il a été décidé de fabriquer les cinq bagues magiques. Chacune d'entre elles allie des pouvoirs complémentaires : l'art du combat, bien sûr, mais aussi la ruse, la puissance et l'intégrité.

Je sens mon cœur qui s'emballe quand je pose la question qui me tarabuste :

— Vingt pouvoirs, parmi ces dizaines de divinités, ça n'a pas dû être facile à choisir ?

— Où veux-tu en venir, Milo ? demande Chiron, soudain méfiant.

Je me lance enfin :

— Est-ce qu'il est possible de modifier les pouvoirs d'une bague ? Changer une divinité ?

Le silence qui suit est tellement long que je crains qu'on ait été coupés. Si ça se trouve, ils captent mal la 4G sur le mont Olympe.

— M'sieur Homère, vous êtes toujours là ?

— Oui, Milo… Écoute, je ne crois pas qu'un tel changement soit déjà arrivé dans l'histoire des Gardiens, mais je pense néanmoins que c'est possible. Nos statuts stipulent qu'une réunion de notre Conseil des Six peut amener à des changements exceptionnels.

— Votre Conseil des Six ?

— Zeus, Héra, Poséidon, Hestia, Hadès et Déméter. Les enfants de Cronos et de Rhéa. Les six dieux majeurs. Eux seuls ont le pouvoir de prendre de telles décisions.

Mes yeux sont rivés sur un graffiti sur la porte des toilettes.

— Très bien. Alors vous allez leur transmettre un message : soit ils changent un de mes pouvoirs, soit je refuserai toute nouvelle mission.

À l'autre bout de notre monde, j'entends Homère qui s'étrangle, tandis que Chiron a les yeux qui roulent dans leurs orbites.

— As-tu perdu la raison, Milo ? Sais-tu à qui tu t'adresses ? Aux six divinités les plus puissantes de la

Création ! Jamais personne ne s'est risqué à leur faire remonter la moindre requête. Bien des Titans ont été bannis à jamais de l'Olympe pour avoir seulement osé les regarder dans les yeux. Et toi, simple mortel, tu as l'audace de réclamer un changement sur un objet magique et millénaire ?

— C'est à prendre ou à laisser, le poète.

Oh purée, comment j'ai trop pris la confiance, moi ! L'effet Achille, peut-être ? En tout cas, je n'ai jamais été aussi sûr de moi qu'à cet instant : soit les dieux accèdent à ma requête, soit ils perdent un Gardien.

Homère doit sentir que je ne bluffe pas. Dans un soupir, il cède :

— D'accord Milo, je leur ferai parvenir ta demande. De qui veux-tu obtenir les pouvoirs ? Je te préviens, il est impossible de prendre ceux de l'un de ces six dieux.

— Je ne veux pas les pouvoirs d'un dieu. Ni même ceux d'un demi-dieu. Je ne réclame que celui de ce mortel…

En même temps que je leur réponds, je leur envoie une image en pièce jointe. Si je ne peux voir le visage d'Homère, celui de Chiron reflète soudain une tristesse navrée.

Nouveau moment de silence, puis :

— Milo, c'est une très mauvaise idée… Jamais ils n'accepteront et, quand bien même, ça ne t'apporterait que tristesse et souffrance. Ne fais pas ça, et accepte ce que tu as reçu, ce sera mieux pour…

— À prendre ou à laisser.

Je leur raccroche au nez, mets mon téléphone en veille et rejoins le gymnase à petites foulées.

Après tout, qu'est-ce que j'ai à perdre ?

*

Le reste de la journée s'est déroulé « normalement », sans message venu de l'autre monde. Asha a bien essayé de me tirer les vers du nez, mais, chaque fois, j'ai réussi à éviter la discussion. Au point qu'en rentrant chez nous elle me fait la tête en marchant devant moi, le front fièrement dressé.

Ce n'est pas que je n'aie pas confiance en elle et en sa discrétion, bien au contraire. Mais je sais que si, par miracle, Homère réussissait à convaincre le Conseil des Six, Asha tâcherait de me dissuader de ce que je compte faire.

Le repas du soir a été expédié dans la même ambiance que d'habitude : ni joyeuse ni morose. Des propos sans grand intérêt sur les journées des uns et des autres. À un moment, mon père a évoqué la question des vacances.

Il nous a demandé où nous aimerions partir, puis s'est tourné vers ma mère pour savoir si elle voulait proposer à mes grands-parents de venir avec nous. Maman n'a pas répondu et s'est levée pour aller chercher le dessert.

Fin de la discussion.

Une heure plus tard, je suis à mon bureau, en train de réviser pour mon contrôle de maths, quand une douleur atroce me coupe le souffle. C'est tellement violent, tellement soudain, que je n'arrive même pas à crier. C'est comme si on me trempait le doigt dans de la lave en fusion. OK, je ne me suis jamais trempé le doigt dans de la lave en fusion, mais je sais que ça provoquerait la même douleur, indicible.

Puis elle disparaît aussi brusquement qu'elle est survenue, me laissant sans forces, le front emperlé de sueur. Je lève une main tremblante et observe la bague.

Le marteau d'Héphaïstos a disparu, remplacé par un nouveau symbole. Celui que j'ai envoyé à Homère et Chiron ce matin. Pourtant, le barbu m'avait assuré que le Conseil des Six n'accédait jamais aux requêtes qu'on leur formulait.

Homère s'est-il révélé un allié persuasif ? Quoi qu'il en soit, un grand calme m'envahit. Je sais ce que j'ai à faire.

Je sors de ma chambre et regagne l'entrée du salon. Mes parents sont dans le canapé devant une série, comme tous les soirs. Je ne sais pas s'ils la regardent par intérêt ou pour ne pas avoir à parler et se retrouver seuls avec leurs fantômes. Alors je m'avance d'un pas.

— Papa, maman…

Ils s'arrachent à la contemplation de l'écran.

— Oui, Milo ?

— Je me couche. Je suis fatigué, et demain j'ai un DS de maths. Juste, je voulais vous dire que… je vous aime.

Et je fais demi-tour, les laissant interloqués. Ce n'est pas tous les jours que je leur fais ce genre de déclaration.

— On t'aime aussi, fils ! me lance mon père dans mon dos.

Sans me retourner, je souris et regagne ma chambre. Je vérifie que ma batterie est suffisamment chargée, j'enfile une épaisseur supplémentaire de vêtements, au cas où, et lace mes baskets.

Je suis prêt.

Je tourne l'anneau sur le nouveau symbole.

Une lyre.

11

Je ne sais plus depuis combien de temps je descends ces marches.

Après que j'ai tourné la bague sur la lyre, un crépitement s'est fait entendre dans ma chambre. Puis une gerbe d'étincelles s'est mise à tournoyer devant moi, de plus en plus vite, jusqu'à former un cercle de feu, suffisamment large pour que je puisse le traverser.

Je n'ai pas hésité une seconde. Cette porte mystérieuse, vers un ailleurs inquiétant, c'est moi qui l'ai appelée, de toute mon âme.

Avant de franchir ce passage vers l'inconnu, j'ai cherché autour de moi ce qui pourrait faire office de sésame. La vieille flûte à bec de mon paternel, du temps où il était lui-même collégien ?

Naaaan ! Trop ringard. Et puis parlementer tout en soufflant dans un pipeau, ça serait un peu galère.

Alors mes yeux se sont posés sur la guitare que tonton Marc m'a offerte pour mes dix ans. Ça fait plusieurs mois que je n'y ai pas touché. Depuis l'accident.

J'ai agrippé le manche en bois et, sans un regard en arrière, j'ai traversé le cercle de flammes, direction l'obscurité, là où la nuit est si épaisse que même le silence est froid.

Avec pour seule lumière la lampe de mon téléphone, je suis descendu pendant des heures dans les entrailles de la Terre. Et, enfin, j'arrive dans une grotte à la voûte si haute que je l'aperçois à peine. Pourtant, cette caverne semble naturellement éclairée. Une fosse aussi immense, à des kilomètres sous le sol, à l'intérieur de laquelle j'arrive pourtant à y voir comme si elle était illuminée par une lune sans nuages, c'est juste impossible.

Et en même temps, qu'est-ce qui est logique depuis que j'ai passé cette fichue bague pour la première fois ?

Je range mon téléphone dans ma poche et m'appuie contre une stalagmite afin de reprendre mon souffle. Je retire aussitôt ma main en réprimant un cri d'effroi, prenant conscience que les stalactites et les stalagmites qui remplissent la grotte sont composées de milliers de visages grisâtres grimaçants, tordus et figés pour l'éternité dans des cris muets de douleur. Comme si le diable lui-même les avait sculptés dans le calcaire.

Le grondement d'un cours d'eau attire mon attention. Je m'approche d'un fleuve souterrain, dont les eaux noirâtres exhalent des remugles de soufre. Aussi loin que porte mon regard, je ne peux distinguer d'où il provient, car il se perd dans un brouillard épais et lointain.

Une chaleur sur mon doigt m'arrache à ma contemplation. Sur la bague, le bouclier, symbole d'Achille, luit dans la pénombre. Je me rappelle que c'est dans ce même fleuve, le Styx, qu'il a été plongé par sa mère, et qu'il y a acquis son invulnérabilité.

Je ne sais pas pourquoi Achille se manifeste avec autant de vigueur à travers la bague. Peut-être veut-il que je le convoque, afin de s'offrir un petit bain de pieds pour se rendre totalement invincible ?

Mais je n'obéirai pas au caprice du prince de Thessalie. Je ne suis pas là pour réécrire les mythes. Juste pour les perpétuer.

Une silhouette floue émerge alors du brouillard, au-dessus du fleuve. Je déglutis avec peine, car je sais qui arrive à bord de sa barque : Charon, le passeur, celui qui fait traverser les morts jusqu'aux enfers.

À mesure qu'il se rapproche, je comprends qu'il est assez loin de l'image que les livres donnent de lui depuis des siècles. Je m'attendais à voir arriver un vieillard barbu, décharné et à moitié nu sous sa toge. Or, le Charon qui accoste en face de moi est très grand, massif, avec des mains comme des battoirs, vêtu d'un genre de sweat, dont la capuche recouvre… une tête de mort grimaçante.

Oh, misère…

Il ouvre la bouche – enfin, les mâchoires – et sa voix sépulcrale me glace le sang.

— Seules les âmes des défunts ont le droit de traverser le Styx à bord de mon esquif. Or, tu n'as pas trépassé, et tu n'as aucune obole pour t'acquitter de ton passage. Retourne dans le monde des vivants, et ne reviens que lorsque ton heure aura sonné.

Je me racle la gorge et empoigne ma guitare. Lorsque j'ai négocié le changement de divinité sur ma bague, c'était pour obtenir les pouvoirs d'Orphée, le poète et musicien légendaire. Fils d'un roi et d'une muse, son talent fut tel qu'il put, dit-on, enchanter jusqu'aux dieux les plus puissants afin d'aller arracher son épouse défunte du royaume des morts.

Alors ce n'est pas ce Ghost Rider dans son canoë qui va m'empêcher de rallier les enfers. J'espère que le pouvoir d'Orphée suffira à le convaincre de me faire traverser le fleuve.

Le souci, c'est que je chante comme une casserole, et le seul morceau que je sache à peu près jouer, c'est deux accords claqués de *Smoke On The Water*. Mais bon, je n'ai pas marché pendant des heures pour arriver aux portes de l'enfer et abandonner à quelques mètres de l'ultime niveau.

Je commence à gratouiller les cordes, et là, miracle, je joue… comme un dieu ! Mes doigts virevoltent sur le manche. Ed Sheeran n'est qu'un manchot à côté de moi. Les notes s'élèvent dans une harmonie absolue vers la voûte de la grotte. Le grondement sourd du fleuve lui-même semble s'être tu, comme hypnotisé par ma musique.

Puis ma voix, d'une pureté totale, se joint aux notes de mon instrument. Avec un tel talent, c'est clair, Charon me voudra dans son équipe !

Oh, Charon, si tu savais
Toute la route que j'me suis tapée.
Alors sois sympa, mon vieux gâté,
Arrête ta tchatche et fais-moi traverser.

S'il avait des sourcils, je suis sûr que Charon les soulèverait de surprise. Je dois avouer que moi-même, je m'attendais à tout sauf à des paroles aussi peu inspirées.

« Steuplaît Charon, *be cool* », musique d'Orphée, paroles de Milo Bollengier.

Je hausse les épaules avec une mimique d'excuse. Charon secoue la tête et me fait signe d'embarquer. Nous traversons le Styx en silence, à travers un brouillard si épais que je n'aperçois même pas mes propres mains. Quand enfin nous sortons de la brume, nous accostons sur une crique. Je descends de l'embarcation et m'apprête à demander à Charon la suite des opérations, mais ce dernier est déjà reparti chercher l'âme d'un nouveau trépassé.

À quelques dizaines de mètres, j'aperçois une porte majestueuse en bronze, suffisamment haute pour laisser passer les plus gigantesques des Titans. Je m'approche de l'entrée des enfers, lorsque je m'arrête en apercevant la créature monstrueuse qui en surveille l'accès. Pas besoin de faire un dessin : un corps massif, des pattes musculeuses aux griffes comme des couteaux et, surtout, trois têtes aux crocs luisants de bave.

Cerbère, le brave toutou des enfers. Je l'avais oublié, celui-là.

J'ai déjà les doigts sur ma guitare, prêt à pousser la chansonnette pour convaincre Médor de me laisser entrer, quand je comprends que, malgré son aspect effrayant, il ne me manifeste aucune hostilité. Je me souviens que, contrairement aux idées reçues, le rôle de Cerbère n'est pas d'empêcher les gens d'entrer aux enfers, mais bien d'en sortir.

Autrement dit, je garde ma comptine pour tout à l'heure. Mais j'effectue quand même un large écart au moment de passer devant ses truffes qui exhalent une chaleur de fournaise. Bon chien-chien, pas bouger !

Arrivé devant la porte immense, qui s'ouvre lentement, j'ai le cœur qui palpite à deux cents. C'est alors qu'une voix de femme retentit, claire et puissante :

— Orphée ? Toi encore ? Abandonne tout espoir, mortel. Chance unique t'a été donnée par le passé de récupérer ta bien-aimée. Tu n'as su la saisir, et, cette fois, les plus ensorceleurs de tes chants n'y pourront rien. L'âme d'Eurydice est nôtre et le restera à jamais. Repars vite parmi les vivants avant qu'Hadès, mon époux, ne te transforme en pierre comme tu le mérites.

J'inspire un grand coup et passe la porte. Je pénètre dans une pièce éclairée par des dizaines de flambeaux accrochés aux murs. La salle est vaste et, malgré son aspect minéral, me fait penser à un tribunal, avec une estrade en calcaire dans le fond, des bancs en pierre brute de part et d'autre, et un espace vide au centre.

Sur l'estrade, trois sièges en granit surplombent l'ensemble. Ils sont inoccupés, à l'exception de celui du milieu, où est assise une jeune femme magnifique. La peau bronzée, de longs cheveux noirs qui cascadent sur ses épaules nues, elle me regarde avancer avec un mélange de surprise et de colère.

Belle et majestueuse Perséphone, femme d'Hadès, dieu des enfers et seigneur des Plus-Nombreux.

— Mais tu n'es pas Orphée ! s'exclame-t-elle en me voyant avancer jusque devant son trône. Tu es certes un mortel, et je sens en toi l'essence du prince de Thrace, mais tu es bien plus jeune.

Elle marque un temps de réflexion, puis reprend :

— Que signifie cette mascarade ? Pourquoi suis-je seule avec toi ? Où sont Minos, Éaque et Rhadamanthe, les juges censés décider de ton sort ? Et où est mon époux ?

— Je suis ici.

Sortant de nulle part, un homme aux cheveux noirs comme la nuit vient d'apparaître aux côtés de Perséphone. Il est aussi beau et ombrageux que sa femme. Pas très grand ni massif, mais il darde sur moi un regard dans lequel je vois briller les flammes d'un feu éternel.

Je déglutis, toujours mutique.

— Pardonne mon absence, mon aimée, mais je reviens du mont Olympe, où le Conseil des Six s'est réuni.

Perséphone ne peut masquer sa surprise.

— Le Conseil des Six? Mais… c'est tellement rare qu'il se réunisse.

— Je sais… La cause de cette convocation est justement ce jeune homme qui a exigé un changement d'attributions dans sa bague. Et qui n'a visiblement pas perdu de temps pour le mettre en application…

Je suis sûr que, d'une simple pensée, le dieu des enfers pourrait me réduire en cendres. Pourtant, malgré son visage fermé et son regard incandescent, Hadès ne me semble pas hostile.

— Il te faut maintenant parler, Milo. Exprimer ta requête. Je connais très bien l'objet de ton désir, mais, pour y accéder, il faut que le pouvoir enchanteur d'Orphée s'exprime à travers tes mots.

Comme j'ajuste ma prise sur ma guitare, il précise, avec une douceur que je ne lui soupçonnais pas :

— Mon garçon, es-tu certain que ce que tu t'apprêtes à demander soit une bonne chose? Tu as encore le temps de faire demi-tour et de t'épargner bien des souffrances, crois-moi.

Ses mots me serrent le cœur et me font monter les larmes aux yeux. Alors mes doigts se posent sur les cordes, et j'entame ma mélopée.

Ô divin Hadès, puissant prince des enfers,
Dont le nom fait trembler chaque humain
sur la Terre,
Accorde je t'en prie, t'en supplie, t'en conjure
Le droit de revenir à une âme si pure.
Les Parques l'ont choisi, son fil elles ont tranché.
Mourir à cet âge, était-ce sa destinée ?
Son temps là-haut n'était pourtant pas révolu,
Nous l'aurions aimé plus fort, si nous avions su
Qu'à notre affection, il allait être arraché,
Nous laissant seuls, errant, pauvres ombres hébétées.
Accorde-nous, fils de Cronos et de Rhéa,
De pouvoir à nouveau le serrer dans nos bras.
De chaque minute, une fête nous ferons
Et pour des siècles, ta gloire nous chanterons.
Du divin poète, le don j'ai hérité,
Je te l'ordonne, Hadès, donne-moi l'être aimé.

Un profond silence succède au dernier accord, et j'ose à peine regarder le couple royal. Seraient-ce des larmes que je vois perler au coin des yeux de Perséphone ?

Son ténébreux mari soupire et, d'une voix lasse, énonce sa sentence :

— Puisqu'il ne peut en être autrement…

Un souffle glacé traverse la pièce et me transit jusqu'aux os. Puis, dans mon dos, résonne une voix que je pensais ne plus jamais entendre.

— Milo ?

Je me retourne, lâche ma guitare et, en pleurs, me précipite dans ses bras.

— Tonton !

12

Après m'avoir serré si fort que j'en ai le souffle coupé, tonton Marc me dévisage avec un mélange d'émotion et de tristesse.

— Ainsi, tu as réussi à me retrouver, murmure-t-il d'une voix altérée. Mais comment… ?

Son regard descend jusqu'à la bague et se fixe sur la lyre.

— Orphée… Bien sûr, j'aurais dû y penser. Seuls Énée, Hercule, Ulysse et Orphée ont réussi l'exploit de descendre jusqu'ici et de remonter ensuite. Mais comment as-tu pu obtenir ce symbole, Milo ? Les pouvoirs d'Orphée n'ont jamais figuré sur aucune bague de Gardien.

Puis, sans attendre ma réponse, la voix frissonnant de colère, il apostrophe Hadès :

— Qu'est-ce qui vous a pris, à tous les six, de changer

une bague ? Vous savez pourtant les dangers qu'une telle modification peut entraîner dans l'équilibre des forces ! Qu'est-ce qui vous est passé par la tête ?

Des gémissements se font entendre et se répercutent en écho contre les murs de la salle.

— Fais attention, Gardien, gronde le dieu des enfers. Ton impertinence pourrait te valoir un séjour dans le Tartare.

J'en ai la mâchoire qui se décroche. Et d'un coup, je comprends : si tonton Marc n'a pas l'air surpris de me voir aux enfers, et qu'il connaît l'existence de la bague et des Gardiens, c'est parce qu'il en était un, lui aussi !

— Tonton ! Toi, un Gardien ?

Il arbore son petit sourire en coin. Son fameux sourire canaille, celui qu'il affichait en douce quand maman me faisait des remarques à table, cultivant cette complicité qui ne nous a jamais quittés.

— Oui, Milo. Comme l'était mon père avant moi, et sa mère avant lui.

— Il y a des Gardiennes, aussi ?

Il lève un sourcil.

— Eh bien, oui. Et heureusement ! Tu auras remarqué que, grâce à Gaïa, la mythologie antique regorge de femmes fortes et indépendantes.

Il montre ma bague.

— D'ailleurs, quand je la portais, c'était Athéna et Artémis que j'invoquais le plus souvent. Elles sont tellement plus intéressantes que leurs homologues masculins, tu ne trouves pas ?

J'en ai la tête qui tourne, tant les révélations se télescopent dans mon crâne.

— Attends, tu es en train de me dire que tu étais un Gardien, papy aussi, et mon arrière-grand-mère…

— Et ainsi de suite dans l'arbre généalogique, oui. Tu sais, les histoires de générations, c'est typiquement grec ! Tant qu'à avoir des secrets, Homère préfère qu'ils restent entre nous, et le plus souvent, quand il doit choisir un nouveau Gardien, il privilégie de le nommer dans la famille.

— Mais… et maman ? Elle était au courant, forcément !

Un voile d'émotion traverse son regard à l'évocation de sa sœur.

— Non… Un Gardien ne doit jamais, au grand jamais, révéler son identité, même aux personnes dont il est le plus proche. Ta mère n'en savait rien, ni mamie, bien que son mari et son fils aient été des Gardiens. C'est pour mieux les protéger.

Je lance un coup d'œil à Hadès et Perséphone qui, du haut de leurs trônes, assistent à notre échange avec un vif intérêt.

Et, d'un coup, je percute.

— Attends ! Comment ça se fait que je n'aie jamais vu la bague à ton doigt, dans ce cas ?

Son sourire s'élargit, marqué par une légère surprise.

— Qui est ton mentor ? À part Homère, je veux dire.

— M. Nochir… enfin, Chiron.

— Ah, je comprends mieux, s'amuse mon oncle. Ce n'est pas un mauvais cheval, mais il commence à vieillir, lui aussi, et je le soupçonne d'oublier parfois de donner des informations importantes, comme le pouvoir de dissimuler sa bague aux yeux des autres.

Je ne peux masquer mon irritation. C'est fou, ça ! Du jour au lendemain je me retrouve Gardien, chargé de combattre des monstres et des Titans, mais personne ne m'a indiqué qu'il y avait un règlement ou un mode d'emploi. Bilan, je commets bourde sur bourde. Qu'on ne vienne pas me faire des reproches si on ne m'a rien expliqué avant !

— Comme tu peux t'en douter, ces bagues sont très convoitées depuis des siècles. Or, elles ne sont pas très discrètes. Ni jolies, d'ailleurs.

Je repense à la réaction de mes parents l'autre soir, à table, lorsqu'ils l'ont vue. Pas faux…

— Pense bien à demander à Chiron comment la rendre invisible quand tu remonteras.

Pfiou, si on m'avait dit tout ça il y a encore une semaine, que je deviendrais un nouveau Gardien, à la suite de…

Oh non !

— Tonton, je demande d'une voix blanche, ton accident de moto, ce n'était pas…

Son sourire disparaît et son visage se fait grave.

— Une mission qui a mal tourné, Milo. Ce sont les risques, hélas. Nous devons affronter les créatures les plus dangereuses de la création, et parfois…

Il hausse les épaules avec fatalité.

— Ce jour-là, je me battais contre le Minotaure, une créature particulièrement féroce. Est-ce que j'étais trop confiant, ou inattentif ? Toujours est-il qu'au lieu de choisir Achille, comme l'aurait voulu la nature bestiale de mon ennemi, j'ai préféré Artémis. Ce fut une erreur funeste… Ne l'oublie jamais, Milo : un bon Gardien ne se laisse jamais griser par ses exploits. Jamais ! Garde toujours la tête froide, en toute circonstance. Sinon…

Je repense à mon affrontement contre Polyphème, dans le sous-sol de l'entrepôt. Ce sentiment de toute-puissance qui a coulé dans mes veines après l'avoir vaincu, un peu comme dans une partie de jeu vidéo.

Mais j'aurais tout aussi bien pu mourir, cette nuit-là. Et, plus grave encore : Asha aussi, victime de mon inconscience.

Tonton Marc s'agenouille devant moi et me pose une main sur l'épaule.

— Promets-moi que tu ne prendras jamais ta mission à la légère, Milo. Que tu veilleras sur toi et sur les tiens à chaque instant.

J'acquiesce, incapable de parler. J'ai une boule dans la gorge, si noueuse qu'aucun mot ne peut franchir mes lèvres. À peine un gémissement.

— Il est temps de se dire adieu, murmure mon oncle.

La boule dans ma gorge se déchire, et la réalité de ses mots me gifle si fort que ma vue se trouble.

— Tu ne reviens pas avec moi, c'est ça ? Tonton, j'ai le pouvoir d'Orphée, tu n'as qu'à me suivre. Viens avec moi, maman sera folle de bonheur, et moi aussi.

Mais mon oncle secoue la tête. Ses grands yeux délavés contiennent tout l'amour et la tristesse du monde.

— Hadès, Hadès… pourquoi lui imposer cela ? Vous pensez qu'il n'a pas assez souffert comme ça ?

— Ce qui s'est dit pendant notre assemblée ne te concerne pas, répond le souverain des enfers d'une voix ténébreuse. Mais sans doute te méprends-tu sur nos intentions.

Les larmes ruissellent sur mes joues. J'aimerais m'endormir, là, maintenant, et oublier à jamais cette déchirure qui se creuse dans mon cœur un peu plus chaque jour, ces moments où son absence se rappelle à moi avec une violence qui me coupe le souffle.

— Tonton, je tente à travers mes sanglots, je sais ce qui est arrivé à Orphée quand il est venu chercher Eurydice. Il n'a pas pu s'empêcher de regarder derrière lui. Mais justement, nous, on est au courant, on ne refera pas la même erreur ! Allez, s'il te plaît, tentons le coup.

— Milo…

— Non, pas de « Milo » ! Tu ne sais pas ce que ça fait de voir maman n'être plus que le fantôme d'elle-même. Tu ne sais pas que chaque nuit, je rêve que tu reviens parmi nous, qu'une deuxième chance nous est offerte, mais dès que je me réveille c'est comme si tu mourais une nouvelle fois.

Je pleure comme jamais je n'ai pleuré. Toutes les larmes que je n'ai pas su verser quand on m'a annoncé sa mort se déversent enfin et me soulagent.

— J'ai compris, murmure alors mon oncle à l'intention d'Hadès. Merci, dieu des enfers…

Hadès hoche lentement la tête et, à ses côtés, Perséphone détourne pudiquement son regard embué.

— Au fond de toi, tu le sais, m'explique mon oncle. On ne peut pas réécrire l'Histoire. Même si je voulais essayer de t'accompagner là-haut, il se passerait forcément quelque chose qui nous ferait échouer. C'était le destin d'Orphée d'être malheureux, mais je veux t'épargner la douleur de me perdre une seconde fois. Alors embrassons-nous, mon garçon. Je suis tellement fier de t'avoir connu…

Il ouvre les bras et je m'y réfugie pour une dernière étreinte, un dernier câlin. J'aurai au moins eu la chance de lui dire au revoir…

— Quand tu seras de retour à la maison, me murmure-t-il dans le cou, dis ces quelques mots à ta mère de ma part, s'il te plaît.

Il me chuchote à l'oreille, et j'acquiesce en me frottant les yeux. Je ne savais pas qu'on pouvait verser autant de larmes. Je me sens épuisé, vidé de toute force mais, bizarrement, plus apaisé que je ne l'ai été depuis bien longtemps.

— Il est temps, annonce Hadès depuis son trône.

Tonton Marc se relève. Avec son index tendu, il mime un pistolet, m'adresse un ultime clin d'œil et tourne les talons. Je ramasse ma guitare et en fais de même. Je quitte le tribunal des enfers sans un regard en arrière. Mon retour à la surface s'effectue dans un état second.

Je ne me souviens même plus de ce que j'ai chanté à Cerbère pour qu'il me laisse sortir, ni à Charon pour qu'il me fasse traverser le Styx. Tout ce que je sais c'est que, lorsque je retrouve ma chambre, un regard à mon réveil m'apprend que mon escapade aux enfers n'a duré que cinq petites minutes dans la vraie vie.

Je range ma guitare dans sa housse, en me promettant de m'y remettre dès le lendemain. Puis je sors de ma chambre et rejoins la cuisine. Dans le salon, de l'autre côté de la porte, j'entends la série que mes parents regardent.

— Maman, tu peux venir ?

Le son de la télé diminue et j'entends ma mère qui demande :

— Un souci, Milo ?

— Non, non. Juste, tu peux venir une minute ?

Quelques secondes s'écoulent, puis elle arrive. Ses sourcils se froncent d'inquiétude quand elle voit mes yeux rougis.

— Milo ! Qu'est-ce qui ne va pas ?

De la main, j'essaie de la rassurer.

— Aucun problème, au contraire… Assieds-toi, s'il te plaît.

Elle tire une chaise haute de sous le plan de travail et s'y juche, sans me quitter du regard. Je me racle la gorge et me lance :

— Tu sais, je rêve souvent de tonton Marc depuis…

Je ne termine pas ma phrase. Les yeux de ma mère s'embuent, mais elle me répond d'une voix posée :

— C'est normal, mon grand. Moi aussi, je rêve souvent de lui. Il nous manque à tous, tu sais.

— Et si je te disais que la nuit dernière, dans mon rêve, il m'a demandé de te dire quelque chose, tu me prendrais pour un fou ?

Elle se tord les doigts, les coins de ses lèvres tremblent. Mais elle tient bon.

— Bien sûr que non, mon chéri. Et… qu'est-ce qu'il t'a dit ?

J'inspire un grand coup et me lance :

— « Je vais bien. Pardonne-moi. Merci. Je t'aime. Au revoir. »

Elle plonge son visage dans ses paumes, et ses épaules sont secouées par les sanglots. Je n'ose plus lever les yeux, craignant d'avoir versé du sel sur une plaie à vif. Après quelques minutes, elle baisse enfin les mains.

Son visage est baigné de larmes, mais le sourire qu'elle m'adresse apaise mes craintes. Je n'avais jamais remarqué à quel point ma mère et tonton Marc se ressemblent. Qu'est-ce qu'elle est jolie, ma maman, même quand elle pleure !

— Merci, mon grand… Merci infiniment… Viens me faire un gros câlin, ma crapule !

On se prend dans les bras, on se frotte le nez l'un contre l'autre, et, malgré les larmes, on plaisante et on se promet d'à nouveau sourire à la vie.

Merci pour ce moment, tonton.

Après nos effusions, maman rejoint papa dans le salon tandis que je regagne ma chambre. Ces montagnes russes émotionnelles m'ont vidé, et je n'aspire qu'à une chose : dormir, dormir et dormir. Je sais que, cette nuit, mon sommeil ne sera troublé par aucun cauchemar.

Mais, au moment d'éteindre, un drôle de sentiment m'empêche de m'endormir. Ce voyage aux enfers m'a fait réaliser que j'ai beau n'être qu'un adolescent avec la vie devant lui, le destin nous réserve quand même son lot de surprises, parfois tragiques.

S'il devait brutalement m'arriver quelque chose, à qui est-ce que je voudrais parler une dernière fois ? Hum, il serait peut-être temps que je mette mon cœur à nu. Parce que personne ne sait de quoi demain sera fait.

J'attrape mon téléphone, le cœur battant la chamade. Tant pis si je me prends un râteau, au moins, je lui aurai avoué ce que je ressens.

Mes doigts dansent sur mon écran.

Asha ? Il faut que je te dise quelque chose…

Est-ce qu'elle dort déjà ? Ce serait étrange. Telle que je la connais, à cette heure-ci, elle est encore en train de réviser ses leçons. Elle a dû mettre son portable en silencieux et n'a pas vu mon message.

Mince, je ne suis pas certain d'avoir le même courage demain matin au réveil pour lui avouer mes sentiments.

Puis mon cœur s'emballe à nouveau quand je vois les trois points s'agiter. Elle me répond ! Oh punaise de punaise de…

Mon téléphone manque tomber quand je découvre la réponse, et ma bouche s'emplit instantanément d'un goût de bile.

En guise de réponse, une photo.

Asha ligotée, les yeux remplis de terreur.

À ses côtés, son ravisseur. Immense. Bestial. Un corps de colosse surmonté d'une tête de taureau.

Le Minotaure !

13

Je saute de mon lit, allume la lumière et me passe une main dans les cheveux.

Asha, non, pas elle, pas elle…

Ce monstre est déjà responsable de la mort de mon oncle ! Moitié taureau, moitié homme, il est doté d'une force exceptionnelle et uniquement dirigé par ses pulsions animales. Il n'aura aucune pitié pour Asha. D'ailleurs, si mes souvenirs sont bons, dans le labyrinthe qu'il n'aurait jamais dû quitter, on lui envoie régulièrement des jeunes gens en sacrifice…

J'ai l'impression que mon sang est en train de bouillir. La haine et la culpabilité m'étouffent. C'est ma faute, tout ça… Comment ai-je pu mettre Asha dans une telle situation ?

Réfléchis, Milo, réfléchis ! C'est toi qu'il veut, pas elle, Asha est juste un outil. Tu dois la sauver. Mais de quelle façon ? Je ne sais même pas par où commencer.

Bon sang, pourquoi j'hésite ? J'ouvre ma fenêtre et saute. La rue est calme, aucune voiture n'est passée, tout va bien. Mais, alors que je m'apprête à récupérer mon vélo et arpenter toute la ville pour trouver Asha, ses parents sortent de chez eux.

Le père de mon amie est toujours en costume-cravate. En revanche, en dehors de sa tenue d'infirmière, je n'ai jamais vu sa mère porter autre chose que des vêtements traditionnels indiens sur lesquels courent ses longs cheveux noirs tressés. Je suis tenté de me cacher pour qu'ils ne me voient pas, mais je remarque très vite leur mine grave. Alors je fonce vers eux.

— Bonsoir, monsieur et madame Kumar, quelque chose ne va pas ?

— Bonsoir, Milo, me répond sa mère. Nous voulions justement te voir. Asha n'est pas rentrée de son rendez-vous avec son camarade, nous sommes venus te demander si tu savais où elle se trouve, nous sommes très inquiets.

Mon sang se glace.

— Son camarade ? Quel camarade ?

— Benoît, dit le père. Tu sais, celui avec les cheveux orange. Il est venu la chercher pour lui demander de l'aide dans son travail. Elle nous a assuré qu'elle serait de retour avant le dîner. Mais il est 22 heures passées, elle n'est toujours pas rentrée et ne répond pas au téléphone, ça ne lui ressemble pas. Sais-tu quelque chose, mon garçon ?

Je fronce les sourcils. Benoît Kubiak ? Depuis quand Kubiak vient-il voir Asha quand il a une tuile avec ses devoirs ? Il n'a jamais pu la voir en peinture et ses excuses de la dernière fois n'ont franchement convaincu personne. On a même tous trouvé ça bizarre. Puis la photo qui s'est affichée sur mon téléphone se rappelle à moi et une nouvelle question se pose : quel est le rapport entre Kubiak et le Minotaure ?

Une chaleur dans mon doigt m'arrache à mes questions. Comme si la bague voulait me parler. Discrètement, je la caresse et la voix d'Athéna me murmure comme une évidence : « Circé. »

Évidemment ! Tout fait soudain sens.

Premier indice : pendant la baston contre Polyphème, ce dernier a mentionné le sort dont Circé avait usé pour transformer un rat en homme afin de m'attirer dans son piège. Quoi de plus logique ? Circé et Polyphème ont tous les deux eu affaire à Ulysse pendant son odyssée. Donc les deux étaient de mèche.

Deuxième indice : rebelote, au lieu de Polyphème, on ressort le Minotaure pour kidnapper Asha. Mais au final l'intention reste la même : me neutraliser. Or, qui me souffle à l'oreille que c'est Circé qui est encore aux manettes ? Athéna. Pas Artémis, Achille ou Orphée, non. Athéna ! La meuf qui est brouillée avec son tonton, Poséidon. Au fils duquel j'ai botté les fesses !

Vous pensez que je deviens parano ?

Mouais, peut-être… Mais si Athéna m'a glissé cet indice à l'oreille, ce n'est pas pour rien, et m'est avis que le dieu au trident n'est pas clair dans cette histoire…

— Je vais retrouver Asha ! je hurle aux Kumar en courant comme un dératé en direction de la maison de mon ennemi de toujours.

Kubiak habite à moins d'un kilomètre de chez moi. Sans m'arrêter, je tourne la bague sur le symbole d'Artémis. Elle se manifeste encore plus vite que les fois précédentes. Leste et légère comme une plume, elle me permet de parcourir la distance en quelques minutes.

J'arrive devant chez les Kubiak. Il y a de la lumière à travers l'une des fenêtres du rez-de-chaussée. Je m'en approche, vois la télé allumée et, dos à moi, un canapé d'où dépassent trois têtes : Benoît et ses parents. Mais pas de trace d'Asha. Aurais-je commis une erreur ?

Silencieusement, je fais le tour pour inspecter les lieux. Artémis se met aussitôt aux aguets. Son odorat surdéveloppé ne ment pas : il y a un animal dans cette maison.

— Astérios ! je m'exclame.

Depuis quelque temps, je suis habitué à déclarer des choses dont Milo l'adolescent n'a pourtant jamais entendu parler. Mais, pour le moment, tout ce que je sais, c'est qu'Astérios était l'ancien nom du Minotaure et qu'il se trouve ici, dans la maison des Kubiak.

Je lève la tête vers le premier étage ; une ombre passe derrière la vitre qui donne sur un petit balcon.

Benoît n'a jamais eu de frères et sœurs. Il est peut-être en train de regarder la télé tranquillou avec ses parents, mais il y a bel et bien quelqu'un d'autre dans leur villa.

L'énergie d'Artémis crépite, elle veut entrer en action et cherche un moyen d'atteindre le premier étage. Alors je regarde le vieux chêne à ma gauche, dont les ramures épaisses et noueuses m'appellent. Je fléchis les genoux, bondis et, d'une jambe, prends appui sur le tronc avant de lever les bras pour m'agripper à une longue branche épaisse. Artémis ne le sait pas, mais elle aurait pu être championne olympique de barres asymétriques. Enfin, si ça se trouve, c'est elle qui a inventé ce sport ! Alors que j'ai toujours eu la souplesse d'un manche à balai, je me retrouve à faire le tour de la branche juste avec la force de mes bras. Puis, quand j'ai pris assez d'élan, je me jette en l'air et atterris en silence sur le balcon.

Dos au mur, je regarde discrètement par la fenêtre. Asha est là, dans la chambre ! Ligotée au sol, bâillonnée. Une colère sourde monte en moi. Je sais que je ne dois pas la laisser m'envahir sous peine d'agir trop vite et de mettre mon amie en danger. Mais c'est plus fort que moi : mon souffle s'accélère, je vais écrabouiller cette vache de malheur et en faire du corned-beef !

Je suis prêt à bondir quand je me dis qu'un brin de stratégie ne serait pas du luxe pour ne pas foncer tête baissée dans ce qui est certainement un piège. Je tourne la bague et fais appel à Athéna.

J'ai bien fait de réenfiler le vieux survêt sans forme de mon père avant de me mettre en chasse. Il faudra quand même que je demande à Chiron s'il y a un moyen de gérer la question des fringues quand on se transforme, pas envie de jouer à l'Incroyable Hulk à chaque changement.

Aussitôt, je sens en moi le calme de la déesse de la sagesse, il envahit chaque cellule de mon être et m'oblige à réfléchir à la situation. Je veux sauver Asha, pas la mettre en danger.

Bon sang, elle est là, à deux pas, j'aurais pourtant juste à casser la vitre, entrer et l'emmener !

Je regarde encore par la fenêtre. Horrifié, je vois un Benoît Kubiak anormalement grand se diriger vers moi. J'ai à peine le temps de positionner la bague sur le symbole d'Achille qu'un poing gros comme une pastèque traverse la fenêtre et m'attrape par le cou pour me faire entrer dans la maison.

Sans Achille, j'étais sonné !

— Pauvre crétin ! Tu croyais que je n'allais pas te sentir ? crache le Minotaure. Je vais t'écrabouiller comme j'ai écrabouillé ton oncle, puis ce sera au tour de ta petite copine !

Au fur et à mesure qu'il parle et me tenant en l'air d'une main, le visage de Benoît prend l'apparence d'un taureau. Son large front est rehaussé de deux longues cornes, son nez épaté devient un museau, humide et pigmenté de taches brunes, et sa bouche baveuse laisse échapper une langue épaisse.

Mon sang est en fusion dans mes veines. Une rage meurtrière s'empare de moi face à l'assassin de tonton Marc. C'est cette abomination qui a tué celui dont j'étais le plus proche ! Je voudrais le faire mourir dans d'atroces souffrances. Je suis à ce point aveuglé par la haine que je ne sais plus qui réagit face à ce colosse. Artémis ? Orphée ? Achille ? Athéna ? Moi, Milo Bollengier ? C'est nous tous tout entiers, à notre proie attachée*.

Un sursaut de lucidité me retient au dernier moment. C'est lui, le taureau furieux. Pas moi. Foncer bille en tête est ce qu'il attend, et ne ferait sans doute que mettre Asha en danger. Alors, au prix d'un immense effort, je remise ma haine au placard et ressors mon arme la plus létale : mes punchlines.

— Franchement, Astérios, t'étais quand même moins moche en Kubiak.

Le Minotaure resserre sa poigne et son souffle crée de la vapeur qui s'échappe de ses naseaux. Bon sang, ce type est un vrai cliché, mais un cliché par qui je ne vais pas me laisser mater !

— Tu sais qu'au Pays basque on fait du saucisson de taureau ? Ça te dit d'entrer dans l'arène avec moi ?

---

* À peu de chose près, on n'était pas loin d'un alexandrin tiré de la pièce *Phèdre*, de Racine, qui raconte elle aussi une fabuleuse histoire inspirée de la mythologie. Mais ce roman-ci est nettement plus rythmé.

Bon, les vannes, ça va deux minutes, mais ce n'est pas non plus avec des Carambar que je vais lui faire mordre la poussière. On passe au plan B : je réussis à atteindre la bague, en appelle à Artémis une nouvelle fois et me contorsionne pour échapper à la poigne du Minotaure. De là, je rebondis sur le sol, attrape un crayon posé sur un bureau et, avec la dextérité de la déesse de la chasse, je le plante entre les yeux de la bête. Le Minotaure grogne, vacille un peu ; sur le moment, j'ai l'impression d'avoir gagné, mais ça ne peut pas être aussi facile que ça. Astérios arrache le crayon et semble grossir un peu plus, si c'est possible : le plafond craque quand ses cornes le frôlent. Puis une ombre féminine passe derrière lui, fine et vaporeuse. Je le savais, c'est Circé ! Cette silhouette gracile aux gestes envoûtants, c'est comme si je l'avais toujours connue.

Elle lève un bâton et, la seconde d'après, une dizaine de créatures au corps décharné apparaissent. On dirait des hommes, mais sans visage, dotés uniquement d'une bouche béante de laquelle ne sort aucun son, de quatre bras et quatre mains dont deux semblent se boucher les oreilles.

Une peur glacée jaillit de mon inconscient et me tétanise. Qui sont ces êtres horrifiques, sortis de mes cauchemars les plus anciens ? Pourquoi ces bouches immenses ouvertes sur des cris muets ? Pourquoi cette absence d'yeux qui les rend encore plus terrifiants ? Pourquoi se bouchent-ils les oreilles ? Est-ce pour ne pas entendre mes supplications quand ils viendront me chercher pour me jeter aux enfers ?

Heureusement, la voix rocailleuse du Minotaure m'arrache à ces chimères.

— C'est donc tout ce que tu sais faire ? Lancer des crayons ? Quel piètre Gardien tu fais. Donne-moi la bague !

Je me botte intérieurement les fesses. Du cran, Milo, on se reprend. Les pouvoirs de quatre divinités coulent dans tes veines, quand même !

Devant mon mutisme farouche, le Minotaure gronde de rage, puis tourne les sabots.

— Tu me fais perdre mon temps, moucheron. Amusez-vous avec lui !

Alors, les créatures que Circé a fait apparaître se tournent vers moi, les bras en avant.

Oh, oh… Ça va chauffer.

Je m'empare de tous les stylos que je trouve et les lance sur eux. Chacun fait mouche, mais j'en viens vite à court. L'un des monstres arrive à m'attraper par le bras, deux de ses mains toujours plaquées sur ses oreilles. Aussitôt, je sens mon épaule se geler, d'un froid inhumain.

Il faut réagir, vite !

D'un geste, Achille refait surface, et la morsure gelée disparaît. Les créatures se précipitent sur moi, mais, d'une pichenette, j'arrive à toutes les évincer. Seulement, c'est sans compter sur cette satanée Circé qui n'a pas l'intention de me faciliter la tâche. Toujours dans un silence angoissant, elle fait apparaître non pas dix créatures, mais vingt de plus !

C'est qu'on commence à être à l'étroit ici !

Alors, je casse les pieds d'une chaise et démolis le bureau pour en tirer de larges morceaux de bois. Puis je fais une nouvelle fois appel à Artémis qui se sert de ces armes improvisées pour les lancer à la tête de mes assaillants. Mais, pour un qui tombe, trois autres apparaissent.

Ça ne finira donc jamais ?

— Assez joué ! ordonne le Minotaure. Donne-moi la bague et rejoins les enfers où tu as ta place. Hadès et ton oncle t'y attendent !

Les créatures plongent sur moi avant que j'aie eu le temps de faire appel à la bague. Bien qu'agile, je ne suis pas assez fort dans la peau d'Artémis et je me retrouve plaqué au mur, les mains maintenues dans le dos.

— Je vais t'arracher la tête ! gronde Astérios. Mais d'abord, vois combien tu es faible, pauvre petit humain insignifiant.

Je sens son souffle chaud contre mon cou et son haleine putride… Et surtout, je suis mort de peur, convaincu que je vais y passer. J'essaie de me contorsionner pour que mes doigts atteignent l'anneau, je le frôle plusieurs fois, mais les créatures resserrent davantage leur poigne. Je suis incapable de faire tourner la bague.

Des larmes de rage me coulent sur les joues. C'est allé trop vite, je n'ai pas été assez prudent, je n'ai pas réfléchi et j'ai présumé de mes forces. Tonton, c'était pas comme ça que ça devait se passer, je suis désolé, désolé… Cette fois, Orphée ne pourra pas nous ramener.

Attendez… Orphée ? Mais oui, je comprends ! Ces monstres aux bouches muettes, les mains sur leurs oreilles… ils ne supportent pas le bruit ! C'est Orphée qu'il faut que j'appelle !

— Je veux ta bague et je vais la prendre ! rugit le Minotaure.

Je ferme les yeux, crispe les doigts dans une ultime défense, mais la bête féroce plonge sur mes mains. Je sens la bague glisser lentement, avec une douleur terrible, comme si on m'arrachait la peau.

J'entends les sanglots de ma belle Asha, je revois le regard triste de mon oncle qui avait tant d'espoir en moi, je pense à mes parents qui ne se doutent pas que leur fils ne sera plus là à leur réveil, demain matin. Je pense à Homère qui m'a offert sa confiance, pour rien, à Chiron qui avait à peine commencé ma formation. Puis je pense à Achille, Athéna et Artémis qui n'ont pas été assez forts pour vaincre le Minotaure alors que, s'ils avaient été dans la peau de quelqu'un d'autre, ils y seraient sans doute parvenus. Je n'ai jamais été digne de cet anneau et je vais mourir.

Crois en toi, murmure soudain la voix d'Athéna dans ma tête.

Crois en nous, ajoute Achille.

Tu peux le faire, veut me persuader Artémis.

Tu es assez fort pour ça, me souffle Orphée. *Tu es nous quatre à la fois.*

Nous quatre à la fois… Nous quatre à la fois…

Alors que le Minotaure est sur le point de me retirer l'anneau, je me sens investi d'une chaleur exceptionnelle, comme si je brûlais de l'intérieur, si bien qu'Astérios et les créatures de Circé s'arrêtent d'un coup. J'ai l'impression d'entrer en fusion.

Libéré, je fais face au Minotaure qui ne comprend pas ce qui se passe. Il renifle l'air, incertain, et recule de plusieurs pas. La température dans la pièce devient intenable. En moins d'une seconde, je touche la bague et m'arrête sur chaque symbole. Puis je sens mon corps s'étirer, comme s'il était happé de toutes parts. Je hurle de douleur. En comparaison, mon changement en Héphaïstos, c'était de la gnognote. La vache, ça fait mal !

Enfin, tout s'arrête d'un coup. Je reprends mon souffle et, lorsque je rouvre les yeux, je suis toujours Artémis. Mais Achille, Orphée et Athéna sont aussi dans la même pièce que moi.

En chair et en os.

14

— Alors, Astérios, tu joues encore au méchant taureau ? commence Achille, les mains sur les hanches. Tu sais que tu n'as rien à faire en ce lieu. Abandonne, je te prie, nous gagnerons du temps.

Le Minotaure lève la tête et souffle tellement fort que de la vapeur sort de ses naseaux.

— Tu peux toujours palabrer, Achille, dit la silhouette fantomatique de Circé dans son dos. Tant que je serai là, rien ne sera aussi facile que tu le crois.

Achille soupire.

— Le situation est plaisante, tante Circé est venue aider son neveu ?

Comme je fronce les sourcils, Athéna m'explique :

— La mère d'Astérios est la sœur de Circé. Les fruits sont tous un peu pourris dans cette famille.

Circé est la tante du Minotaure… Voilà qui confirme un peu plus ma théorie d'un règlement de comptes entre divinités. Et comme d'habitude, qui en paie les conséquences à l'arrivée ? Eh oui, les mortels !

Circé éclate de rire en regardant Athéna.

— Tu m'en veux encore pour Ulysse, n'est-ce pas ? Qu'est-ce que tu regrettes le plus, Athéna ? Que je l'aie séduit ou que j'aie voulu le transformer en pourceau ?

Athéna réagit au quart de tour : elle s'empare d'un parapluie et le jette telle une lance mortelle en direction de Circé. Hélas, il ne fait que traverser sa forme brumeuse.

— Matérialise-toi si tu en as le courage ! la provoque Athéna. Bats-toi avec moi, Circé, et, par Zeus, je te renverrai dans ton marécage malfamé !

En guise de réponse, Circé multiplie les monstres. Aussitôt, ils se dirigent vers nous, les mains en avant et la bouche grande ouverte.

— De la musique, jouez de la musique ! je crie à Orphée. Ils ne la supportent pas !

— Éclatez-leur les tympans, renchérit Asha dont le bâillon a glissé dans le feu de l'action. Jouez faux, si possible !

— Tais-toi, humaine, gronde le Minotaure, ou je te dévore la langue !

Et il la pousse violemment du pied. Asha se contorsionne de douleur.

— Ne la touche pas ! je hurle soudain.

C'était le déclic qu'il me fallait. Alors qu'Orphée commence à jouer de la lyre et que les monstres s'évaporent un à un en se tordant de souffrance, Artémis s'empare entièrement de mon esprit. Milo n'existe plus. D'un coup de pied, je prends appui sur le sol et bondis sur le Minotaure. Je lui entoure le cou de mes jambes, lui agrippe la tête de mes bras et le comprime de toutes mes forces.

Astérios gronde, râle, se débat et plante ses griffes dans mes épaules pour me faire tomber, mais en vain.

— Je suis Artémis, fille de Zeus, déesse de la chasse, patronne des animaux sauvages, et je vais te tuer, Astérios !

Je resserre la pression autour de son cou, mes cuisses sont comme des blocs de pierre et, peu à peu, l'homme-taureau suffoque. Mais, soudain, alors que je suis sur le point d'en venir à bout, je sens la peau lisse et froide d'un serpent glisser sur ma poitrine. Un anaconda s'enroule autour de mon ventre et me comprime dans ses anneaux, jusqu'à me faire étouffer à mon tour.

— Grave erreur, Circé ! crie alors Athéna qui s'élance sur la magicienne.

Elle attrape le serpent, l'oblige à me lâcher et le fait claquer sur son genou comme on le ferait avec un morceau de bois. L'anaconda crache, prend l'apparence de Circé qui s'écroule sur le sol. Elle feule comme un animal blessé, fusille Athéna du regard et disparaît dans un nuage noir.

Moi aussi je tombe, le souffle court. Astérios en profite pour se relever et, privé de sa protectrice, il essaie de s'enfuir. Mais Achille le rattrape par la cheville. Le Minotaure s'effondre.

— Il est temps que tu retournes chez Hadès, dit Achille en levant une main comme un couperet juste au-dessus de son cou.

— Non ! réussit à crier le Milo qui vit toujours en Artémis. Pas de mort…

Achille me regarde sans comprendre.

Je réussis à me lever tant bien que mal et tourne la bague sur le symbole « manette de jeu ». Artémis se dissipe. Je suis de nouveau moi, Milo, l'adolescent qui n'a rien d'un tueur, juste un Gardien, un adolescent que la soif de vengeance ne parviendra pas à changer.

Orphée et Athéna nous regardent. Alors je reprends mes esprits et fouille dans la poche de mon jean pour en sortir mon portable.

— Pourquoi ne pas le tuer ? dit Achille. Il recommencera sinon !

— Je serai là pour l'arrêter, moi ou un autre Gardien, autant de fois qu'il le faudra, mais pas de mort. Jamais. Je le renvoie d'où il vient avec Antiqua.

Achille s'apprête à essayer de me convaincre, mais j'appuie sur la touche bleue de l'application et le Minotaure disparaît, comme avalé par le sol.

C'est fini.

— Nous aurions dû achever ce monstre alors que nous en avions l'occasion ! fulmine Achille.

Mais Athéna pose une main sur son bras.

— Ce mortel, mon beau prince, a fait preuve d'une sagesse d'autant plus méritoire pour son jeune âge. Car ce n'est pas seulement pour ne pas avoir de sang sur les mains que tu as épargné le Minotaure, n'est-ce pas ? Il y a une autre raison.

Je me racle la gorge. Athéna n'est pas la déesse de la sagesse pour rien.

— En effet, je commence. Je pense que le Minotaure n'est pas…

Mais une voix faible m'interrompt :

— Milo…, gémit Asha.

J'accours, me dépêche de retirer les liens qui lui entravent les mains et les pieds, et la serre fort contre moi.

— Asha ! Est-ce que tout va bien ? J'ai eu tellement peur pour toi !

— Il… a pris l'apparence de Benoît. J'ai cru que c'était lui, dit-elle en tremblant. Je l'ai suivi, je n'aurais pas dû. Je suis désolée…

— Chut… c'est terminé. Et rien n'est ta faute.

— La magie de Circé est puissante, dit Orphée. Elle reviendra encore, se liera toujours avec ceux qui seront contre nous. Tu as raison, Milo, il y a encore des nuages à dissiper avant de toucher la vérité. Mais ce n'est pas à nous que tu dois en référer. Nous, nous ne sommes que tes fidèles alliés.

Le poète se met alors à genoux, tête baissée, imité par Achille et Athéna. Presque simultanément, une lumière aveuglante envahit la chambre. Asha et moi nous cachons les yeux d'un bras et reculons contre le mur.

— Que se passe-t-il ? demande Asha.

— Je n'en ai aucune idée.

— Prosternez-vous ! nous avertit Achille.

Mais Asha et moi ne bougeons pas d'un pouce, toujours serrés l'un contre l'autre. Puis la lumière s'atténue et devant nous apparaissent six divinités, aussi transparentes que des hologrammes, et, à côté d'eux, un homme petit, barbu et souriant, accompagné d'un centaure. Homère et Chiron !

Asha me met un coup de coude.

— C'est Zeus !

— C'est exact, jeune mortelle, dit le plus grand, installé sur un trône au milieu des cinq autres. Dieu de tous les dieux, divinité du ciel et de la foudre. Et voici Héra, Poséidon, Hadès, Hestia, et Déméter, mes frères et sœurs.

Je suis bouche bée. Se tiennent en face de nous les six divinités majeures de l'Olympe, les premières, celles par qui tout a commencé. Zeus, dieu suprême de la mythologie grecque, Héra, la déesse du mariage et de la fécondité, Poséidon, le dieu de la mer, Hestia, la déesse du feu sacré et du foyer, Déméter, celle de la terre fertile et bien sûr Hadès que je connais déjà, le dieu des enfers. Ils sont tous là, en face de nous, dans l'exiguïté de la chambre de Benoît. Il n'y a pas à dire, Kubiak ne sait pas ce qu'il rate ! Mais, au fait, où est-il ? Ni lui ni ses parents n'ont pu rater le barouf qu'il y a eu ici !

— Je sais ce que tu es en train de penser, dit Zeus. Ton ami est toujours avec ses parents, en état d'hypnose, devant la petite boîte lumineuse dont je ne comprendrai jamais l'intérêt vorace que lui vouent les humains.

— Vous lisez dans mon esprit ?

Zeus éclate d'un rire si caverneux que toute la maison tremble.

— Que l'Univers m'en garde ! C'est dans ton regard que je lis, Milo, et j'y vois tant de questions. À commencer par : comment les quatre divinités de l'anneau ont-elles pu se matérialiser en même temps ?

Je me lève, un peu fébrile, aide Asha à en faire de même, et me dépoussière le pantalon pour me donner une contenance. Je jette un rapide coup d'œil à Achille, Athéna et Orphée, qui sont toujours agenouillés.

— Tu as fait preuve de beaucoup de bravoure et de détermination, continue Zeus. Mais aussi d'une force mentale telle que l'anneau y a répondu. C'est parce que tu le lui as ordonné qu'il est venu à ton aide.

Je plisse le front.

— Merci pour les compliments, monsieur Zeus, mais je vous assure que je n'ai rien demandé du tout.

Les six divinités se regardent, éberluées.

— Ne le contredis pas ! chuchote Athéna. Mon père est très susceptible.

— Ah ! pardon, je me reprends. Si vous le dites, je vous crois, mais je ne m'en suis pas rendu compte, monsieur.

Zeus hausse un sourcil.

— Ma foi, Artémis m'avait prévenu, tu n'as pas la langue dans ta toge. Que tu te sois rendu compte ou non de tes capacités n'a pas la moindre importance, mon garçon : ce qui l'est, c'est que jamais jusqu'alors un Gardien n'était parvenu à une telle prouesse. Nous voulions te féliciter.

— Jeune Terrien, intervient alors Héra. Tu as refusé la mort d'Astérios, ton cœur est pur, c'est une vertu rare.

— Eh bien, merci…, je réponds, parce que, franchement, je ne sais pas quoi dire d'autre.

Et puis, alors que ma raison me dicte d'accepter les compliments en silence, ma bouche, elle, décide de se manifester. Je me tourne vers l'hologramme de Poséidon. Ses longs cheveux et sa barbe noire semblent flotter dans l'air, se balançant au gré de vagues invisibles.

— Dites, monsieur Poséidon, va falloir arrêter vos cachoteries, hein !

Chiron laisse échapper un hennissement de surprise, puis un silence emplit la pièce, à couper à la tronçonneuse. Je vois alors apparaître le trident doré du dieu des océans dans sa main. Il va m'embrocher sur place !

— Que sous-entends-tu, mortel ? As-tu l'audace de défier le souverain des abysses ?

Je peine à déglutir, mais tant pis, je vais au bout de mon raisonnement.

— Non mais, je veux dire… Si on réfléchit bien : à peine je suis nommé Gardien qu'on me tend un piège. Et qui me le tend ? Polyphème, votre fils. Enfin, il n'était visiblement pas tout seul, puisque Circé est dans le coup. La même Circé qui, voyant que son premier plan a foiré, en monte un second, avec le Minotaure. Chaque fois, le but est le même : me neutraliser. De la même façon qu'on a… neutralisé le porteur précédent de cette bague.

Je m'efforce d'avaler la boule d'émotion qui me remonte dans la gorge et reprends :

— Pas besoin d'être un génie pour comprendre qu'il y a autre chose derrière toutes ces attaques. Homère et Chiron m'ont expliqué que les monstres revenaient régulièrement sur terre pour mettre le dawa parmi les hommes, afin de mieux pouvoir vous affronter ensuite. Moi je veux bien, mais, dans le cas présent, je ne vois pas où Polyphème et le Minotaure ont mis la zone. La seule chose qu'ils ont voulu faire, c'est me neutraliser, pas mettre la ville à feu et à sang. En vrai, vous savez ce que je pense ? C'est que quelqu'un essaie de s'en prendre aux Gardiens, et à travers nous c'est vous, les dieux, qui êtes visés.

Les divinités me contemplent avec tellement d'intensité que j'ai l'impression que je vais être changé en statue de sel d'une minute à l'autre.

— Et pourquoi t'en prends-tu à mon frère Poséidon ? demande Zeus en se caressant la barbe. N'est-ce pas cette sorcière de Circé qui serait derrière tout cela ?

— M'en voulez pas, m'sieur Zeus, mais c'est trop facile. Circé est certainement une sorcière hyper puissante, mais bon, c'est pas une divinité non plus. À mon avis, il faut un peu plus de potentiel pour manigancer tout ça. D'ailleurs, comme par hasard, elle s'est évaporée ! Pouf, d'un coup. Bien pratique, non ? Non, mon avis, c'est que c'est une divinité qui tire les ficelles dans l'ombre. Or, les seuls à connaître l'identité du porteur de la bague, ce sont vous six, ainsi que Homère et Chiron.

Je me retourne à nouveau vers Poséidon, le seul point commun aux trois créatures que j'ai affrontées, et l'un des rares à avoir su que je serais porteur de l'anneau magique. La qualité des hologrammes est telle que je vois ses doigts blanchir autour de son trident et des éclairs traverser ses yeux noirs comme les ténèbres. Je ferme les paupières, je suis allé trop loin. Je vais finir en sashimi de Milo.

C'est alors qu'un rire puissant retentit. Je rouvre une paupière pour apercevoir Hadès qui se tient les côtes.

Oui, Hadès, le dieu des morts et des enfers, est en train de se taper une gigantesque barre. Son hilarité est telle qu'à part Poséidon, tous ses frères et sœurs se mettent à sourire.

— Celui-là, s'esclaffe Hadès en me pointant du doigt, il faut absolument le garder ! Déjà, quand il est venu tout à l'heure plaider sa cause, j'ai été admiratif devant son aplomb et son cœur généreux. J'ai d'ailleurs eu toutes les peines du monde à convaincre Perséphone de ne pas l'adopter. Vraiment, Zeus, mon frère, fais ce qu'il faut, mais que Milo reste parmi nous, quel divertissement il nous apporte.

Hum, un divertissement, hein ? Il veut quoi, que je me mette un nez rouge et que je sorte un coussin péteur, aussi ?

Une fois la crise de rire passée, Zeus reprend ses explications :

— Milo, ton raisonnement peut paraître sensé au premier abord, mais il faut que tu saches que quelles que soient les créatures que tu affronteras, elles auront forcément un rapport avec l'un de nous six. Nous sommes les six divinités fondatrices, et… hum…

Il jette un coup d'œil apeuré à Héra, qui poursuit, d'une voix pincée :

— Ce que mon volage de mari veut dire, Milo, c'est que nous avons, d'une façon ou d'une autre, enfanté tous les êtres de l'Antiquité. Enfin, certains plus que d'autres…

Zeus tout-puissant rentre la tête dans les épaules, avec un sourire forcé.

— C'est la raison pour laquelle nous nous sommes juré de ne jamais intervenir nous-mêmes. Cela créerait trop de tensions entre nous, et déboucherait inévitablement sur des conflits fratricides.

Il jette un œil craintif à Héra, drapée dans son orgueil, la bouche pincée, et continue :

— Tu as certes vaincu le fils de Poséidon, mais je peux t'assurer que mon frère n'est pour rien dans l'intervention de Circé et du Minotaure. Il est ainsi, taciturne, colérique et ombrageux, mais il ne participe pas à ce complot. Et ne crois pas que nous ne soyons que huit à connaître vos identités. Si elles sont gardées secrètes auprès du plus grand nombre, d'autres que nous sont forcément au courant, à commencer par ceux qui, dans les forges d'Héphaïstos, ont fabriqué les bagues. Nous allons donc enquêter sans tarder. Parce que je reconnais que ta théorie d'un complot est sensée et mérite qu'on s'y attarde. Qu'en pensez-vous, les autres ?

Tous ses frères et sœurs acquiescent. Même Poséidon, non sans m'avoir jeté un dernier regard assassin au passage. Déméter, silencieuse jusqu'alors, prend la parole :

— Asha, avance, je te prie.

Mon amie marque un temps d'hésitation, puis fait quelques pas en direction des divinités. Déméter lève la main, dessine un cercle dans l'air et fait apparaître un point lumineux. Pendant qu'elle se livre à ses manipulations, Zeus m'interroge :

— Jeune mortel, que ton amie ait pu assister à tes transformations et à tes combats ne t'a pas paru étrange ?

— Ben si, quand même ! Tonton… enfin, le Gardien précédent, et Chiron m'ont pourtant expliqué que c'était un secret qu'il ne fallait partager avec personne. Mais comme Chiron a lui-même bloqué en s'en rendant compte, et que dans la foulée j'ai dû gérer le cyclope, le Minotaure, Circé et compagnie, j'avoue que ça m'est un peu sorti de la tête.

— Ah, enfin, il se réveille ! intervient Hestia. Si tu permets, mon frère…

La déesse s'adresse alors à Asha :

— Jeune fille, nous avons une proposition à te faire.

Asha cligne plusieurs fois des paupières.

— À moi ?

— Tu as toi aussi montré ta bravoure, ton courage et ta détermination. C'est pourquoi nous, les Six, en accord avec Homère, te nommons Gardienne, au nom de l'Olympe.

Asha et moi restons bouche bée.

— Mais, euh… pourquoi ? demande mon amie.

J'avance à côté d'Asha, curieux de connaître leur réponse.

Hestia explique alors, tandis que Déméter termine ses mouvements magiques :

— Sans toi, Milo n'aurait pu accomplir tous ses exploits. Ton ami est certes pétri d'atouts, mais n'oublions pas qu'il a hérité de sa tâche de Gardien. Il ne l'a pas gagnée.

Loin de me vexer, les paroles de la déesse me comblent de joie. Je sais où elle veut en venir, et je frétille d'impatience.

— C'est certainement une première dans l'histoire des Gardiens, continue la déesse, mais il nous est apparu évident, dès les premiers instants, que vos qualités respectives se combinaient à merveille. Milo, tu vas devoir affronter des monstres, et trouver qui se cache dans l'ombre pour nous manipuler. Pour cela, tu auras besoin d'Asha dans cette mission, comme Asha aura besoin de toi. Aussi…

De l'index, Déméter fait descendre devant Asha le point lumineux qu'elle a créé une minute plus tôt ; la seconde d'après, son annulaire droit porte une bague presque identique à la mienne.

Décontenancée, Asha la regarde sans bouger.

Homère déclame alors d'une voix sentencieuse :

— Les divinités qui te sont attribuées sont Aphrodite, Hermès, Jason et la Pythie de Delphes. Elles te feront honneur, sois-en digne.

Je ne peux m'empêcher d'intervenir :

— Euh… elle ne doit pas vous dire si elle est d'accord, avant ?

— Je le veux ! crie alors Asha comme si quelqu'un venait de la demander en mariage. Nous faisons une bonne équipe, toi et moi, la meilleure. Imagine ce que ça va être de renvoyer les super-vilains d'où ils viennent, je suis hyper excitée !

Zeus se met à tousser, et balaie l'air de son immense main. Il ne doit pas apprécier plus que ça d'être mis sur la touche aussi longtemps.

— Très bien, très bien, assez perdu de temps, les terriens m'épuisent. Et l'urgence n'attend pas. S'il y a vraiment une divinité traîtresse à identifier, ne tardez pas. À présent, partons.

Asha et moi n'avons pas le temps de réagir, les six

divinités ont déjà disparu. Mais Homère et Chiron sont toujours là. Puis je regarde Achille, Athéna et Orphée.

— Vous aussi vous pouvez partir, si vous voulez.

Athéna s'étire.

— Ce n'est pas de refus.

— Mes chers amis, le temps passé avec vous était fort agréable, mais, en effet, nous aimerions regagner nos pénates, dit Achille. Milo, aurais-tu l'obligeance de nous y ramener ?

— Oui, bien sûr, et merci à vous trois. Pensez aussi à exprimer ma reconnaissance à Artémis.

— Ce sera fait, chante Orphée.

Je tourne la bague sur les symboles et mes divinités totem disparaissent.

— Nous descendons ? suggère Homère. Il va nous falloir faire le ménage.

C'est vrai que tout est sens dessus dessous, on dirait qu'une tornade est passée dans la chambre de Benoît.

Alors nous regagnons le rez-de-chaussée. La famille Kubiak a les yeux écarquillés devant la télé. Ils ne bougent pas, ne clignent même pas des paupières.

— Ça fait peur ! dit Asha.

— Dites, monsieur Homère, ça fait combien de temps qu'ils sont comme ça ?

Le vieux barbu fait mine de compter.

— Trois jours !

— J'en étais sûr ! Ce lourdingue ne m'a jamais présenté d'excuses, c'est le Minotaure qui s'en est chargé pour nous manipuler. Je me disais bien que ça ne lui ressemblait pas !

Asha me regarde, désolée.

— À présent, me dit Chiron, ouvre ton application Antiqua et appuie deux fois sur le bouton bleu, une fois sur le rouge et encore deux fois sur le bleu.

Dubitatif, je regarde l'écran de mon téléphone.

— Qu'est-ce que ça fera ?

— C'est un code d'urgence pour les situations exceptionnelles. Une fois la créature mythologique retournée chez elle, il te permet de faire en sorte que tout rentre dans l'ordre. Personne ne se souviendra de rien, et ce qui a été cassé sera réparé.

— C'est génial ! dit Asha. Moi aussi j'aurai cette application ?

Mais Chiron et Homère ne répondent pas, ils attendent que j'obéisse. Ce que je m'apprête à faire, avant de me raviser au dernier moment.

— Est-ce que je peux choisir les choses que je supprime et celles que je garde ?

— Hum, qu'est-ce que tu as en tête ? demande Asha.

Chiron m'explique que je peux faire dérouler le menu « actions » et sélectionner celles que je veux effacer ou non. Alors, voyons… « Mémoire des parents d'Asha », « Réveil des Kubiak », « Réparation du mur abîmé par Astérios », « Remise en état de la chambre de Benoît »… J'opère ma sélection puis effectue la manœuvre expliquée par le centaure.

— C'est bon ! dis-je avec un sourire. Dépêchons-nous de sortir !

Aussitôt, Homère et Chiron se volatilisent, tandis qu'Asha et moi quittons la maison en courant.

— Qu'est-ce que tu as fait ? demande mon amie, suspicieuse.

Alors que nous sommes dans le jardin et que nous regardons par la fenêtre, nous voyons les parents de Kubiak monter à l'étage pendant que celui-ci se vautre dans le canapé. Soudain, on entend la mère hurler :

— Benoît, mais qu'est-ce que c'est que ce foutoir dans ta chambre ? Monte immédiatement ! Tu vas comprendre ta douleur !

Asha est consternée.

— Oh, Milo ! Tu n'as pas réparé sa chambre ?

Je lui adresse un clin d'œil et prends la direction de nos maisons.

— Kubiak ne peut pas gagner à tous les coups !

Asha ouvre la bouche pour dire quelque chose, et se ravise pour glisser sa main dans la mienne.

— Milo ? Je t'ai déjà dit que j'étais très heureuse de te connaître ?

— Moi aussi, Asha, et tu sais quoi ? On va faire des étincelles !

Nous nous regardons en souriant et levons nos mains jointes pour admirer nos anneaux respectifs. Notre mission suivante nous attend déjà.

Nom de Zeus !

LE FEUILLETON DES INCOS

LE FEUILLETON DES INCOS

Proposer aux jeunes lecteurs de pénétrer dans les coulisses de la création d'une histoire. C'est cette idée, à la fois simple et novatrice, qui est à l'origine du Feuilleton des Incos, organisé par l'Association Le Prix des Incorruptibles.

Pendant plus de douze semaines, des groupes de lecteurs ont entretenu une correspondance personnalisée avec un auteur.

L'objet de ces échanges ? Un texte posté tous les quinze jours, chapitre par chapitre, par un écrivain, passablement anxieux à l'idée d'être soumis aux jugements décomplexés des jeunes. Le résultat ? Une histoire commentée et questionnée par des centaines de lecteurs, aussi curieux qu'impitoyables, et autant de débats et d'interrogations, de questions existentielles et d'interrogations futiles, de mots doux et de bons mots…

Avec la complicité des éditions Scrineo, le texte a été travaillé comme un manuscrit traditionnel avant de prendre le chemin des presses.

C'est une aventure où l'intime et le collectif se conjuguent et se répondent pour désacraliser l'acte d'écriture, comprendre le processus de publication d'un texte, inciter à la lecture, encourager la réflexion, tisser des liens privilégiés avec un auteur et, pourquoi pas, susciter des vocations

Association Le Prix des Incorruptibles
01 44 41 97 20
www.lesincos.com

NOMS DES GROUPES AYANT PARTICIPÉ AU PROJET DU « FEUILLETON DES INCOS » AVEC MAXIME GILLIO

- Les lecteurs du collège du Val d'Ardières de Beaujeu (69)
- Les lecteurs du collège Diderot de Besançon (25)
- Les lecteurs du collège du Parc de Bletterans (39)
- Les lecteurs du collège Penn Ar C'hleuz de Brest (29)
- Les lecteurs du collège Fred Scamaroni de Charleville-Mézières (08)
- Les lecteurs du collège Pierre Brossolette de Châtenay-Malabry (92)
- Les lecteurs du collège Kervihan de Fouesnant (29)
- Les lecteurs du collège Boris Vian de Lille (59)
- Les lecteurs du lycée français Victor Hugo de Marrakech
- Les lecteurs du collège La Salle de Pibrac (31)
- Les lecteurs du collège Maryse Bastié de Reims (51)
- Les lecteurs du collège Camille Vallaux de Relecq-Kerhuon (29)

Découvrez aussi chez
ScriNeo

DE ROUAGES & DE SANG

1. LES DISPARUS D'ARKANTRAS

A.D. MARTEL

Depuis quelque temps, une menace plane sur les bas quartiers d'Arkantras… Le bruit court qu'une créature avide de chair humaine enlèverait les enfants à la nuit tombée pour les dévorer. Que diable, Rowena, jeune orpheline passionnée de mécanique, se moque bien de ces histoires à dormir debout ! Jusqu'au jour où son ami, Œil-de-Pirate, disparaît lui aussi dans d'étranges circonstances… Résolus à le retrouver, Rowena et son fidèle chat à la patte mécanique,

Monsieur Gratouille, s'enfoncent dans les profondeurs d'Arkantras. De son côté, Eugène Bassompière, un journaliste issu de la bonne société, se voit chargé d'enquêter sur ces disparitions. Sur les traces du monstre, les destins d'Eugène et Rowena vont s'entremêler.

Que se passe-t-il réellement dans la ville ? Et si la vérité s'avérait pire que tout ce qu'ils pouvaient imaginer ?

Plongez dans les bas-fonds d'Arkantras, où le danger ne vient pas toujours de là où on l'attend…

DE ROUAGES & DE SANG

2. LE TRÉSOR DU PINK LADY

A.D. MARTEL

Alors que Rowena, Œil-de-Pirate, Eugène et Monsieur Gratouille fuient Arkantras, leur bateau est attaqué par des pirates. Mais pas n'importe quels pirates… Dirigé par Butcher, une capitaine qui n'a pas la langue dans sa poche, l'équipage voyage à bord du *Pink Lady*, un navire volant ! Pour échapper à la police lancée à leurs trousses, Rowena les convainc de les garderavec eux. C'est le début d'une grande aventure, en direction de Vérolia, la grande cité de métal...

Tandis que les liens entre Rowena, Œil-de-Pirate et Eugène se renforcent, la question se pose : comment révéler la vérité au peuple d'Arkantras sur le gouvernement en place ? Et si les pirates pouvaient les aider ? Mais ces derniers semblent cacher un lourd secret…

Embarquez dans une grande aventure à bord du *Pink Lady* !

Alana et l'enfant Vampire

Cordélia

Alana en a marre.

Ses parents et sa sœur sont encore partis gérer des conflits vampiriques sans elle !

Heureusement, sa meilleure copine Oli est là pour lui changer les idées : elle est persuadée que Joâo, le nouvel élève de leur classe, est un vampire ! Se pourrait-il qu'elle ait raison ? Et s'il leur révélait quelque chose d'encore plus terrible ?

Pour Alana, c'est l'occasion de prouver à sa famille qu'elle est capable de mener à bien une mission, malgré ses douleurs musculaires...

MYTHOLOGIE

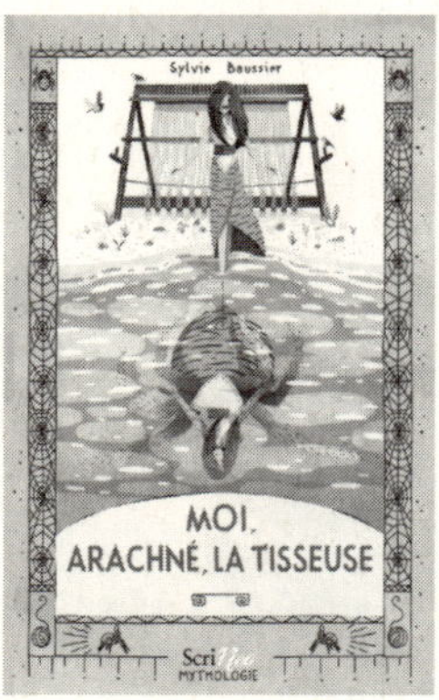

Découvre la mythologie racontée par les monstres eux-mêmes !

Et si ce n'étaient pas eux les méchants ?

ESTELLE FAYE
LE DRAKKAR ÉTERNEL
ScriNeo

LA LÉGENDE DU

BIG FIVE

PASCAL BRISSY

Jackson, Mississippi, États-Unis.

Chad, 14 ans, est un adolescent comme les autres, jusqu'au jour où il enfile un bracelet qui lui donne des pouvoirs incroyables ! Très vite, il apprend qu'il est le chaînon manquant d'un groupe baptisé le « Big Five ». Désormais, il est Chad, le buffle !

Aux côtés des autres membres de son clan, Hanoï, la léopard Cassie, l'éléphante, Léo, le lion et Nelson, le rhinocéros, le jeune homme découvre les entrailles de la ville où se cache le mystérieux Comptoir. Divisés en clans, les porteurs de bijoux ancestraux peuvent profiter de ses commodités, à condition de respecter ses règles…

Mais lorsqu'une ancienne prophétie sur la tiare de Saba, bijou légendaire et surpuissant, ressurgit soudainement dans l'ombre, la tranquilité apparente du Comptoir est bouleversée.

Que se trame-t-il réellement dans les profondeurs de Jackson ?

PLUME
ET L'OMBRE DU DRAGON

AGNÈS MAROT

Tremble devant Plume, la plus terrible piratesse de la forêt des Merveilles ! J'ai l'air innocente, comme ça, mais, si tu croises mon chemin, tu ferais mieux de surveiller ton ombre : elle pourrait disparaître dans ma besace en un battement d'ailes de fée. Aucune ne me résiste !

Pourtant il y en a une que je n'ai pas encore : celle du dernier dragon. Paraît qu'il est super dangereux, que personne n'ose l'approcher, blablabla… Moi, je compte bien l'attraper !

Ben alors, tu viens ou quoi ? L'aventure, ça n'attend pas !